KB260639

황영순 제5시집

오후의 보법

한누리 미디어

국립중앙도서관 출판시도서목록(CIP)

오후의 보법 : 황영순 제5시집 / 지은이: 황영순. -- 서울 : 한누리
미디어, 2013
    p. ;   cm

ISBN 978-89-7969-441-3 03810 : ₩8000

한국현대시[韓國現代詩]

811.62-KDC5
895.714-DDC21   CIP2013000151

自序

내가 서 있는 자리에서
가치 있는 일에 시간을 쓸 줄 아는
시인이고 싶다.

늘 미흡하고 부족하기는
시력 35년의 세월인데도 마찬가지다.

앞으로《오후의 보법》을 챙겨
더 큰 혜안을 지녀
더 좋은 시로
다가가려 노력하련다.

2012년 12월   일

황 영 순

어제를 기리고 내일을 생각한다
– 황영순 시집 《오후의 보법》에

최 승 범(시인 · 문학박사 · 전북대 명예교수)

멈췄던 시간의 꿈에서
깨어난 듯하이
어느 점에서
어느 점까지 우리는
서로를
그리며 눈감았던가
두 눈을 뜨자
황홀하이

남원과 임실
노봉(露峰)과 오궁(五弓)을
이은 영마루
물결친 용지(龍池) 용수(龍水)
별 같은

연줄들 새삼
되챙겨
보네

지난 세월 뿐일런가
먼 오는 세월도
황영순의 삶과 문학
담쑥담쑥 변함 없으리
앞날을
바라는 마음
수를 놓자
홍결일레

한 마음 합장으로
가슴 모아 바라거니
서둘 일 뭐 있으리
〈오후의 보법〉이냥
오는 날
먼 오는 날도
즐기시라
한 마음

차례 Contents

1 이토록 한 꿈이

2 만남

차례 Contents

3 마라톤트랙을 차오르는

4 초봄의 풍경

13

차례 Contents

5 마음의 문

1부
이토록 한 꿈이

이토록 한 꿈이

여기 이토록 한 꿈이
어여쁘고 어여쁘다
언제나 활짝 웃는 해야
따뜻한 온기 착한 다짐은
세월 흐를수록 맑아져 깊다
투명한 시간 공손히 깃든 뜰
살뜰한 사랑은 둥지를 달고
꽃들처럼 나무들처럼
새 희망 메시지로 설레는 날들
하늘 높이 편지를 쓰는 맑은 눈가엔
오늘도 그리운 꿈이 흐르고
새들 구만리서 찾아들고

내 안, 그런 따뜻한 말

들려왔다!
반려자를 만나서 새롭게 삶을 껴안았을 때
꿈이 아닌 현실이란 무대에서
내가 주인공 되어 인생이란 길 찾아 나설 때
삶의 무거움에 짓눌려 힘이 부칠 때
삶은 막막했고 도피하고 싶은 순간마다
나 자신에게 큰 소리로 외쳤던 말
너는 할 수 있어, 한 번 더 힘을 내보는 거야
그래, 잘 했어
이제 어른다워진 거야

부모 품에 자랄 때 꽃처럼 과잉보호 받았던
천진무구가 통하지 않은 현실에서
난생 처음으로 부딪쳐 보는 난제
고뇌로 한숨으로 눈물로 막막한 강물과 높은 산들을
어찌 헤쳐 나갈까 고심하고 인내하였다
휩쓸리지도 쓰러지지도 말자면서 건너보았던
순간순간 기대했던 삶은 엉뚱하게 비켜가고
깊은 우울증에 시달려 재로 될 뻔했을 때

제대로 걸을 수 없어 삶도 포기하고 싶었던 때
성당에 가서 두 무릎 꿇고 기도했다

하느님, 아무것도 할 수 없는 저를 도와주세요.
어디선가 들려오는 목소리!
너의 사랑은 아직도 멀었다
사랑하라, 언제나 사랑하라
죽을 힘 다해서 사랑하라, 사랑으로 너는 성숙되고
사랑으로 구원되고 뜨거운 눈물로 어여쁘게 일어설 수 있다
너를 쓰러뜨리는 건 너의 이기심 교만
겸손해져라, 너를 힘들게 하는 이를 용서하라

그리고 너를 바꾸어라, 세상은 욕망으로 가득한 괴물이니
괴롭히고 해치는 이는 자기 허물을 모를 뿐이다
바꿀 수 있는 건 너의 마음
삶에 대해 더욱 낮아져 기도한다면
사랑하는 이의 손목 언제도 놓지 않는다면
멋진 모습 큰 사랑 보여줄 수 있다면
최후의 환한 미소를 너는 만들 수 있단다

내 안에 그런 따뜻한 말 속삭이듯 들려왔다
훌륭하고 어려운 말 아닌
우리가 살면서 늘 하는 이야기
실천하며 살아야 될 어렵고도 평범한 그 말
지금 그 사랑을 보여줄 수만 있다면

능소화

한 때는 불새가 부러웠다
불새처럼 한 번은 황홀한 사랑을 위해
저 꿈나라 무한시공 높다란 품안에
가슴 주욱 찢어 무지개를 널어도 보고팠다
먼 저쪽은 설렘이고 동경이었다
날개를 달고 싶은 그런 꿈도 꾸었다
미지의 가슴팍 한가운데를 겨냥하여
붉은 피 뚝뚝뚝 흘려도 보고팠다
하지만 내 울안 오래오래 사랑한 탓에
유효기간이 지난 것일까
내 몸엔 날개가 없다
퇴화했는지 죽었는지 날개가 없다
꿈이란 이룰 수 없어서 아름다운 건가
환상과 꿈속 저 먼 나라
닿을 수 없는 생각이여, 터무니없어라
저 높은 내 사랑
너를 향해 불새처럼 날아볼 수 있는 날이
까마득히 멀다
흔들리는 마음 다부지게 여미고

20

우주의 한 중심 되려고
꼿꼿이 세우고 지키고 다스려 뿌리내린다
절제는 내 스승, 그를 처절히 배운다
아스라이 멀어진 불새의 꿈
저 하늘 속 아롱아롱 지나쳐 버린 꿈
내 사랑의 먼 저쪽
저 하늘만 우러러 피는 꽃

어떤 아이

깊은 시름으로 시간을 보낸 적 있는 아이를 알고 있다
꿈은 어느 날 바람처럼 사라지고 빛도 길도 보이지 않던 암울한 시간
그럼에도 우람한 나무랑 별들을 생각하면 혈관이 들끓던
부끄럼 많던 그 아이를 오래 전부터 안다
아무 것도 모르던 철없던 그가 무작정 따라나섰던
하늘의 인연으로 혼인이란 무거운 굴레를
겁 없이 받아들인 아이를 안다

사랑의 포로 되어 전격 노동자로 전락해 버린 아이를 안다
꿈의 화장터 근처에서 울고 있던 아이를 안다
무거운 짐 지고 아이는 산 넘고 또 산을 가며
서툰 걸음걸음 운명의 길 그 속에서
그만 몹쓸 병이나 걸려 죽어 버렸으면 소원하였다
그 길이 죽기 살기로 용을 써도 힘들어
전신으로 흐느끼던 아이를 안다

허나 죽는다는 일은 생의 실패인 줄 아는지라
한 점 아이의 가능성을 믿어준 10%의 옆이 있고
꿈을 버릴 수 없어 마련한 목표 마음 속 사무쳐와
유약함을 버리고 질긴 생명력으로 일어서야만 했던

황영순 제5시집

작은 그릇 아닌 큰 가슴을 지니고 싶던 아이
세속의 잣대로 평가 받길 원치 않았던
하늘의 길을 묻곤 하던 아이를 안다

자기 영혼 안에 선택해야 될 길을 고민하며 별을 찾던 아이
마음의 치마폭에 현실의 남루마저 예쁘게 싸서 껴안고
아이만의 처소 밝고 환하게 꾸미기 위하여
깊은 물 길어 올려 스스로 맑게 씻고 정갈한 옷을 재단하던
아이를 아무도 모르며 누구도 알고 있다
속수무책 현실의 노예가 되지 않으려 몸부림하며
오케스트라 지휘봉 흔들 듯 아름다운 화음 멋진 꽃밭 이루려
영혼의 집짓기에 골똘한 아이를 안다

오래 갈등하며 쌓아 지은 집이 때론 훈훈하고
한없이 부족한 자신의 옹졸함 서럽고 막막해서 눈물겨운
아이는 길을 건너며 어른아이로 투명하다
햇빛 한 점 들지 않는 캄캄함에 한숨 쉴 때도
웃을 일도 없는 주제라고 빈정대던 이웃 있었어도
굳건한 생의 목표 행여 부러질까 고민하며
아득히 먼 곳 반짝이는 빛 놀라운 사랑의 길 찾아가던

건강하고 밝게 일어서서 환하게 웃던 아이를 안다

귀한 뜻 새기며 부패하지 않는 소금처럼
초라하여도 부족하여도 어딘가 쓰임새 되려는 아이를 안다
세상의 들판 구절초를 흔들고 지나는 바람으로 흐르고 싶은
한 잎 철학으로 살고픈 아이를 안다
바위틈 비탈길에 뿌리내린 꽃과 나무를 보며
아아! 바로 이것이다. 생명이 주는 감격과 깨달음
가냘프던 온유함이 마침내 견고한 뼈로 서서
자연의 소박한 품속 푸른 정신으로 살고픈 아이를 안다

특별히 사랑하는 이에게 내려준다는
귀한 하느님의 선물 꽃다발처럼 받아든 아이
신이 쏘아올린 놀라운 희망이며 오묘한 섭리
아름다운 세상 열라 빛나는 영혼의 관
아이 머리에도 얹었으니 어둡던 세상이 환해졌다
흔들렸음에도 쓰러지고 무너지는 일 없이
의연하게 잘 살아내는 아이를 만난 날은 행복하였다
세상을 향해 목숨의 값을 말해 주는 우리의 아이.

기필코 더 좋은 일이

– 나의 가족들에게

기필코 더 좋은 일이 있을 거야
살면서 내가 절망을 느꼈을 때
이룰 수 없는 꿈에 흐느낄 때
내 곁에서 나의 손을 잡고서
나의 맘 다독거렸던 사랑의 말
조금만 더 참고 기다려 봅시다

분명 더 좋은 일이 있을 거라는
사랑의 그 말 믿으며
속고 또 속아 보며
나는 희망의 끈을 놓지 않았다
절망보다는 그의 가슴이 참 따뜻했기에
나는 오래도록 기다리는 법을 배웠다

분명 더 좋은 일을 기다리면서
사납게 눈비 오는 날 있었어도 새끼들 눈망울 보며
희망을 버리지 않았고 웃음 잃지 않았다
아이들 꿈으로 자랐고 그 즐거움에 한 세월이 가고
문제에 부딪쳤을 때 모범적 답을 준 내 가족이 위로가 되었다

한결같은 믿음과 사랑으로 안과 밖 든든한 사람이었기에

분명 더 좋은 일이란 무엇일까
모두가 소망하는 부자가 되질 못했어도 마음부자면 되리
무거운 짐 아홉 형제 우애롭게 나누어 지고
고마워요, 감사해요, 사랑해요, 어깨 다독이며
서로 따습게 안아주면서 병환의 노모 극진히 모시려 애쓰는
그런 마음, 그런 사랑 엮어가는 우리 가족들

분명 더 좋은 일, 더 좋은 일이 있을 거라고
우리는 눈빛으로 가슴으로 말한다
아들 며느리에게 서로 배려하고 사랑해라 이런 말 가슴 아려도
너그들 결혼 때 살림집도 시늉뿐인 미안한 어미 마음
아버지가 했던 그 말, 아들들이 제 아내에게 오늘밤에도 들려줄
조금만 더 기다려 봅시다. 다독거리는 그 말

기필코 더 좋은 일이 있을 거야, 더 좋은 일이
나의 늠름하고 선한 아들들아, 착한 며느리들아
희망의 끈 사랑의 끈을 꼭 부여잡고 살다 보면 멋진 내일이 펼쳐질 거야

인생은 수많은 장애물 헤쳐 가며 사랑의 용기로 살아내는 즐거움인 것
너그 아들딸 너희들처럼 착하고 바르게 커가는 행복
분명 더 좋은 일이란 가까운 사이에 스며 있어 따뜻해서 힘 되는 말들

우리 가족 모두 사랑의 파이팅하자!
희망씨앗들 자라서 큰 나무 될 때까지
서로의 마음 보석처럼 품고 달려가는 우리 가족에게
지금 이루어지고 있는 중인 놀라운 행운의 방향
사랑의 사람아, 가자, 가자, 높은 저 산을 향해서
기필코 더 좋은 풍경 만들어가며 멋진 진행형 우리가 되자

only for you

간절한 소망의 꿈 솟구쳐 온다
너만을 위해 살고픈 마음인데
나는 늘 아리고 아프다
이렇게 아파도 되는 건지
니가 그랬어
불타던 니가 사랑을 보여줬지
"only for you" 피로써 보여주던
고백하던 그날
니 하나의 사랑에 힘들었지만
니 사랑 있으매 인생을 알아갔다
아름다운 니 꽃이 되어
긴 사연 써내려가는 꿈속 여자
아무리 슬퍼도
오늘도 쓰러지지 않으려 애를 쓰며
밝아올 아침의 사랑아
나는 나는 불타는 꽃이 될 테야
나는 나는 불타는 돌이 될 테야
너만을, 너 하나만을 위하여

엿보기

이 집에 사는 초로의 그녀는
황토치마마음 뚫어지게 바라보고 있습니다
전주댁 어머니를 닮은 담담하고 무던해 보이는
노란 키다리나무
먼 데서 오느라고 지친 듯 그러나 든든해 보이는
안팎을 닦달하는 품이 중요한 위치인 듯
아홉 켤레 신발들 마흔 켤레로 불어나 산처럼 쌓이니
나란나란히 정돈해야 합니다
1번 집 2번 집~3,4,5,6~7,8,9번 집 곰살가운 이들입니다
이 집에 사는 동안 가슴이 한껏 커진 그녀
나누어야 할 자리 많아 머리를 흔들지만
세상도 사회도 가정 모두를 요모조모 뒤적여
깊은 맛 내야 하는 법을 아는 까닭에
어미의 따스함으로 빈 우렁이껍질로 가는 자리
속으로는 흐느끼며 이마의 도끼로는 현실을 찍어낼 수도
깨뜨릴 수도 없어 바보가 된 그녀
피하고만 싶은 너덜겅도 사랑해야 할 화두입니다
호접몽에 날고 싶던 날개 접고 수행 중
이 집 신발문수들과 함께 한숨도 눈물도 한 뿌리입니다

날개에 대한 극한에 달하는 서러움에 대하여
영혼은 떨며 아득한 길 그 애틋함에 대하여
닫힌 공간 속 에밀리 디킨슨을 그리워하며
문학의 밭 하나 일구며 한생을 버텨갑니다

채마밭을 가꾸며

어디엔가 푹 빠져 살고 싶은 나에게
요즘 예기치 못한 대상이 생겼다
그곳에 가면 시간이 번쩍 지나 버린다
헛된 욕망도 꿈을 매만지던 젊음도 저만치 물러나고
이리저리 기웃거리던 치기(稚氣)도
이젠 사는 법 알았는지
삶의 경영학에 열중하다 행복은 먼 곳에 있지 않다고
마음 안쪽 깊은 그 힘이다 끄덕이며
사랑으로 올인하는 몇 평 땅
온몸 땀으로 흥건히 젖어도
가슴 뿌듯하게 고이는 기쁨의 샘물
마른 목 축여가며 안채로 돌아오는 길
과분하게도 수고한 보람 보따리마다 묵직하다
소비할 줄만 알던 사람에게
이건 너무 큰 횡재다
뼈도 살도 햇볕에 고소하고 쫀득쫀득 간이 배인
어머니 냄새로 구수하게 익어가고 있다
시간을 가꾸고 지키고 세울 줄 아는
고맙게도 철이 든 지금 이 시각

울컥 하늘나라 내 어머니 생각
유별했던 사랑 그리움은 눈물에 젖고
부끄럽지 않은 집 목젖 다 내놓고 하하하 웃는다
이런 삶 오래오래 맛이 있겠다.

어머니의 비명

웃는다, 며느리는 하늘 보고 웃는다
웃을 수 없을 때도 웃는다
울 수조차 없을 때도 웃는다

가난한 집 맏이 해가 되고 싶을 때면
웃으면 복이 올 거라고
넝쿨째 복이 굴러올 거라며 최면 걸고 살아간다
거친 길도 꿈길인 양 고맙게 걸어서 간다
어머님 하신 말씀은
나는 모른다, 느그들이 알아서 해라
모른다, 모른다, 모른다 하니

이해가 안 될 때 웃을 수 없는데
그만 벽이나 되어 버리고픈 며느리인데
하 많은 대소사, 애경사, 머리 두르는 일로
몇 굽이 산과 들과 강을 건너고 나서
며느리 저도 지쳐 버렸던가 그만 벅찼던가?
어머님 하신 그대로 모르쇠, 모르쇠하고만 싶다고

그 말 되새김하며
며느리는 하늘 보고 웃는다
저물 무렵에 헤아려 안아보는 어머님 마음
아홉 자식 교육시켜 돌려놓느라 얼마나 버거웠으면
모르쇠로 어머님은 비명을 질렀을까

나의 의복

어떤 날은 농부요
모든 날 이 집 밥솥이다
어떤 날은 빚쟁이요
또 곰곰이 생각해 봐도
일생 저당잽힌 죄인이다
주절주절 일 많은 서방 탓
꿈을 버릴 수 없어
정신의 끈을 끌어안고
추운 계절 잘사는 사모라니
어쩌나 들ㅋ 세라
쪼르륵 들ㅋ 세라
곱게 멋 부려 보는
그만의 자존심
그런 지혜 세월 가려 보려고
자존의 의상을 입는다.

펜과 가슴과 영혼

살아가면서 이건 아닌데 고개를 흔들었네
펜 하나 흰 노트 꿈조차 없었더라면
긴 터널을 어찌 헤쳐 나왔을꼬
무거운 한숨 어디에 쏟았을꼬
아홉 형제 맏며느리 깜깜했던 삶
베갯잇 적서 어찌 살고 어디를 떠돌았을꼬
펜 하나에 가녀린 혼 싣고 살아왔던 세월
흰 머리에 얹힌 외로움과 아픔을 쓰다듬네
펜이 없었다면 찬란한 병 뉘 찾아 풀었을꼬
잠 못 이루는 밤 헤매는 마음 또 얼마였을꼬
나이테를 세며 열매들 생각 마음이 젖어
텅 빈자리 텅 빈 세월 흰 설움 사무쳐 오네
베풀지 못한 마음 가난 부끄럽고 아파와
이순에 돌아보니 사랑은 나눌수록 행복해
이젠 가야 할 때를 사색하니 모두 아름다워
행복에도 눈물 슬픔에도 눈물을 쏟으면서
흰 노트와 펜이 준 위안으로 살던 세월
경제엔 어두웠으나 애끓던 혼의 노래로
누구도 부럽지 않았네, 영혼 충만하였네

오직 너만을

내 오랜 소망의 꽃 한 송이
마음에 피었다
오직 너만을 위해 다소곳이 사는
조용조용한 마음이 피었다
사랑, 가까워도 그립고
또 허전하다
그렇지만 믿음 하나면 사랑도 행복도
소중한 꽃은 가슴에 살아있다
사랑아, 우아하다 기품 있다
마음 속에 물결 짓는 꽃아

그대 보여준 고운 사랑
간절한 그 마음 꽃으로 피었다
잊지 못할 추억 아름다운 일들
미처 몰랐던 꽃의 눈물 오늘 피었다
아무것도 아닌 나에게
아낌없이 주는 사랑
그대 사랑 있으니 죽을 수도 없다
마음이 마음을 품어 그리움 고즈넉이

오늘도 꿈꾸듯 꽃피었다

아픔일랑 지우리라
욕심일랑 버리리라
큰 사랑 배우며 익히며 나누어가며
건강하고 행복하게 살아가리라
상상의 날개 펼쳐 너와 떠나 보는 긴 여행
살아서 예쁜 국화꽃은 철따라 피고 또 피고
올해도 마음의 꽃 황홀히 핀다.

생을 여행하는 동안

내가 생을 여행하는 동안

하늘이 들려준 메시지 땅이 들려준 철학

호연지기로 땀 흘리며 불꽃 일었다

높은 산은 나의 이상, 키를 세웠다

가슴에 펼쳐진 자연은 책이고 큰 사랑

살아있는 것들 안아보는 시간들

파격이던 바람꽃 찰나 꿈도 근사해 보여

격정으로 타라, 젖어라

죽어라던 그 골짝도 무사히 지났다

한 치 앞도 안 보였던 안개 속

공존하던 미련도 보았다

가슴에 어려든 것들 성스럽길 바랐으나

젊은 날의 방황 눈물 강을 건넜다

수많은 문은 좌절이었고 근심이었지만

수행으로 다스렸다 그때와 지금 여 저기

은혜롭고 귀한 길목마다 초록 어여쁨 꽃피어

평화롭게 소중하게 감사하게 되었다

맑다

첫 마음 길이다
수만 년 의미를 위한
홀로 가는 길이다
두 마음 품지 않고
하늘 아래 사뿐히 가는
맑은 길이다
수천만 리 청향 나비라
한뜻 엮은 금가락지
흠도 티도 없기를
강처럼 달처럼 세월 가면
첫 마음 길 소중함이
탑을 쌓듯 쌓아가는 길
숨결 고운 아미다

40

2부
만남

만남

청향을 만났다
그 안 깊은 눈 그리매 속
반짝 눈 떴다, 내 생애에 이런 호사가
푸른 바람결 눈부셔
정신이 몹시 떨려 왔다

일찍이 이런 햇살의 초대를 받은 일 없다
이런 큰 산 가슴 꿈엔들 생각이나 했을까
예부터 그리던 아름다운 풍광을 바라보며 말마저 잊었다
신비스럽도록 다채로운
웅숭 깊은 그 품안

존재에 대한 최상의 평가
흙속에서 보석을 캐냈다고
다시 묻히는 일
영영 다시 묻히는 일 없도록
오랜 어둠의 터널 밀어내고 아침이 우련 밝았다

물건이든 사람이든

복된 인연지음에 그 품격과 가치를 지녀가는 법
사랑으로 고이 품어 안고 사람됨 가르치는
바른 길 돌려놓은 놀라운 예지
그 향기 못 잊음은
청향을 간직하며 사는 뜻이거니

보서요, 내 눈을

보서요,
지금 눈도 떴고요 마음도 밝아
옆으로 번지는 향기 솔, 솔, 솔
내 당신 웃고 있으니
이 마음도 덩달아 웃고요
바라볼 수 없었고 가슴이 듣지 못했던
눈멀었던 우리 사랑 돌아보서요,
보서요, 내 눈을
지금 눈도 떴고요 마음도 열렸고요,
섭섭하였고 외로웠던 시간들
모두 떨쳐내고 지난 일 잊자고요
따뜻한 생각 언 가슴 풀어 제치고
아아, 몹시 추운 지난 겨울은
서로가 얼마나 그리웠던 시간이던가요,
오서요, 내 곁으로
그리고 똑똑히 내 눈을 보서요,
기다리던 봄 곁에 와 보서요
천 년 전 매화등걸에 봄 오는 기척
당신 여윈 목엔 와인색 스카프
살며시 여며주는 봄이 왔어요.

44

금산사에서 · 1

은혜(恩惠)롭게 자리한 여기 안락국(安樂國)
장엄(莊嚴)한 경계(境界) 가슴 열고 계시는
미륵(彌勒)을 가슴으로 바라보며 기다린다.
절정(絶頂)의 계절 배롱나무 꽃잎 위로
하르르하르르 꿈 풀어 놓으며
금산사(金山寺) 극락전(極樂殿) 뜰 물들이는데
놀랍게도 오탁악세(五濁惡世) 여의고
삼계(三界)를 뛰어넘은
청정(淸淨)한 처소(處所) 그 미륵(彌勒) 기다린다.
지척에도 멀고 천리도 가까운
그리웠던 친구 함께 사유(思惟)하며
심혼(心魂) 깊은 골 내려온
신비(神秘)의 장엄(莊嚴) 바라본다.
이렇게 우러러볼 수 있는 높고 깊어 그득한
이상국(理想國) 극락(極樂) 불국토(佛國土)에서
높은 그 자비(慈悲)함 말씀 좇아서
큰 세상 강물 건너가는 너 그리고 나
깨달음의 빛 시공(時空)을 초월(超越)한
예서 만남 그려 보고 기다릴 수 있다니
한 황홀(恍惚) 꿈꿀 수 있다니

금산사에서 · 2

어디서 왔다 어디로 가는지

무심천(無心川)에 와서 묻고 있다

목숨의 길 위 아름다움 뒤척이며

천년(千年)을 우는 번뇌(煩惱)를 낳아

우주(宇宙) 실존(實存)의 대서사시(大敍事詩)

본래(本來) 면목(面目) 찾나니

자아(自我) 속 태산(泰山)의 일각(一角)이어도

완성(完成)을 향해 흉내 지어 보는

그리하여 말갛게 씻어내고

목탁(木鐸)의 깨달음을 얻다

아아, 가슴에 길게 흐르는

범종(梵鐘) 소리, 그 소리

펼쳐지다 묻히다 운파(雲波) 속 여운(餘韻) 따라

바람 따라 길 하나 열며 가는

원력(願力)을 믿고 따르는 큰 우주(宇宙) 향한 갈증

끝 모르게 더듬는 화두(話頭)요

까마득한 경지(境地)에 다다르는

아늑하고 고요한 산사(山寺)에 와 우러름

침묵(沈默) 속 찬란(燦爛)한 빛을 품는 일

운무(雲霧)에 채색(彩色) 드리우듯
서기(瑞氣)와 은혜(恩惠) 충만(充滿)하니
고결(高潔)한 정화(淨化) 여기 내리어
수억만 년 후에도 기다리는 염원(念願)
하늘에 솟는 미륵(彌勒)이여
마음에 솟는 미륵(彌勒)이여
모악(母岳)에 어느 때 강림(降臨)할지를

꿈의 발현

너는 너는 누구를 사모하여
이토록 고운 꽃 되었는지

놀랍다 신이 살피는 한 송이
정성스레 피워 올린 내 사랑이여

숨은 보석 지닌 뜻 아름다워
누구 오매불망 꿈속 뮤즈인가

고운 빛 환호 짓는 마음
눈감아도 신비로운 꿈의 발현이라

지조 지닌 선남선녀 꿈 내린 듯
추위 속 외로 젖는 매화 너로구나

뽑힐 수 없는 고고한 정신
사무치는 누구의 혼령이더냐

편지

오늘만은 그대 마음 오겠지 기다립니다.
왜 기다리는 소식 오질 않는지
생각은 앞서거니 뒤서거니 갈망하면서
오늘 하루 깜깜하게 나의 하루가 저뭅니다.
그러길 참 오랜 시간이 걸렸습니다.
그러나 믿었던 편지는 오질 않습니다.
가까이 있다고 생각했던 내 마음이
무참히 부끄러워지는 날들
현실은 꿈이 아닌 실망으로 체념으로 깊어집니다.
하루하루 너무도 오랜 시간이 걸렸습니다.

오늘만은 내 마음 띄우리라 다짐합니다.
기다릴 그대 집 앞 우체통 머뭇 생각하면서
얼마쯤 쓸쓸해 할 뒷모습 그려 보면서
밤마다 펜 들어 소식을 전합니다
그러길 참 오랜 시간이 걸렸습니다.
그러나 꼬옥 눌러 쓴 나의 편지는
만나자는 약속을 정하였건만
오늘도 그 편지 부치질 못하고 맙니다.

당신을 만나기 위해 긴 밤 홀로 걸어서 갈 뿐
내가 쓴 편지는 참으로 오랜 시간이 지났습니다.

누군가 묻는다면

어느 인생에게 각인된 슬픈 기억
기쁨이던 한 사랑이
절망이던 한 이별이
세월에 씻겨 조각물이 된 사연
생 하나가 눈물로 괴어
아직도 그 섬에 있어서라고

그 까닭 묻는다면
한 시인은 말해 주리라
그 옛날 어린 소년이 선물로 준
소월시집이 씨앗 되어 싹튼 때문이라고
들꽃 · 별 · 공원벤치 · 눈길 · 산길 · 바닷길 · 시몬의 낙엽 길,
그런 것들이 그리운 의미인 채로 그 섬에 있어서라고
생애의 아픈 옹이가 되어
겨울밤 유리창에 어렸던 눈물이
보석처럼 지금도 반짝이는 때문이라고

어느 날 누군가
한 시인에게 묻는다면

사랑이 떠나가며 마지막으로 읊어준
*애드가 알렌 포우 "에 너 벨 리"를
오래오래 품어 살아온 그 때문이라고
"에 너 벨 리" 죽은 바닷가에
아직도 있어서라고
그녀의 무덤이

52

아득한 말

머리에 흰 눈 무겁게 이고서도
이른 새벽녘 눈뜨면
고요의 현(絃) 첼로 그리다
입고 싶은 옷 지어도 보고
허망한 청춘의 곡조 고르다
생각 하나 든든한 버팀목이다
빈 메아리 설산 가기 전
비 올라. 눈 올라. 바람 불라
오늘 되어 줘, 아련한 슬픔아
내일로 꿈길로 생애로 이어진
시간이란 놈 잘게 바수어놓고
흐르며흐르며 그리운 노랠 부르다
놓치지 말라고 해에게도 달에게도
속삭여 본다 오매불망 만났다고
우리 서로를 부르는 혼이여
새의 날개로 날아간다. 내 노래들
부른다. 외친다. 아득한 말

너와의 해후

안녕, 다시 또 만나자고
너와 손 흔들며 돌아온 밤
왜 이토록 허전한지
내 마음 어디 어느 곳
무엇인가를 흘려놓고 돌아왔나
하루 일품 밀어놓고 달려간
꽃 마중이고 생존 확인인데
시원하게 다 쏟아낸 눈부신 하루였는데
너와 해후 속에
기쁨만 있는 것은 아니었나 봐
보석 한 알 빠뜨렸나
아, 나는 도대체 누구이기에
깊어진 아픔이 피는 자괴지심
생에 꼭 필요한 정답
내 안 꽃씨는 여무는데
돌아와 저 생각 이 생각 몸 안에
꽃 핀다 고요히 마주친다
꽃 모두 진실이고
허무의 얼굴이더냐

어쩔 수 없는 몸의 인연 보듬고
아니야, 아니야 고개 저어 보는
늦은 저녁 쓸쓸한 이 허망

봄날이 오면

봄날, 봄날이 오면 난 왜 이렇듯
눈물이 나나 몰라. 하늘 우러러
자꾸만 한숨 늘고 턱없이 초라해지는 걸까
꽃이 진다기로 별이 진다기로 외롭고 쓸쓸한
잠간만 신의 옷자락 붙들어 매고 싶은
어이어이 하리 하염없이 울고만 싶은 맘을

다시 봄날은 눈부신 슬픔처럼 오고
울면서 찾아가는 내 고향산천 안 잊히는 추억들
기적과도 같이 맨땅 위 神技에 들려
진주를 캐듯 옛날을 돌아보는 날들이다
제비꽃, 양지꽃, 메꽃, 별꽃, 민들레, 수선화,
금낭화, 바람꽃, 노루귀, 각시붓꽃,
매화, 산수유, 벚꽃, 진달래, 목련, 라일락—
빛깔도 각양각색 모습들 아롱다롱 눈 아픈데
엎드려 기도하는 내 마음 애통하면 또 무엇 하랴

저 땅의 넉넉한 품에서 꽃핀다고 꽃 잔치 열린다 하는데
어이어이 하리 하염없이 울고만 싶은 맘을

56

그러니 신이시여, 한 오백 년 낮과 밤을 열어
천치같이 캄캄한 나를 흔들어 깨워
창세기처럼 순연한 세상 하나를 열어만 주시라

정신의 밥상

바라봐도 그대를 바라봐도
서로 몰라 무심히 지나칠 뻔하였지요
애틋이 숨어있는 석류 가슴 내보일 수 없었어요
어쩌면 지나칠 뻔 끊어질 뻔하였지요

손 내밀지도 말 한 번 건네지도 못하는
반 벙어리 반 벙어리 참았던 설움
붉은 영혼 배고픈 내 모습
어쩌면 까마득히 지나칠 뻔하였지요

오늘 건네준 아아, 이토록 고운 꽃다발을
정신의 밥상에 떨어지는 눈물
오늘 내게 스민 불빛 천 년이 밝아옵니다
어쩌면 지나칠 인연의 따스함 만 년 누립니다

바라봐도 그대를 바라봐도
인생이라는 여행 길 우연한 마주침
하늘 가슴에 피워 보고픈 한 송이 연꽃인가
어쩌면 천 년 전에 예비했던 나의 스승인가

전주(全州) 연가(戀歌)

어느 날 어느 때 오시렵니까,
봄 여름 가을 겨울 마냥 기다려 온
화석이 될 것 같은 애태움으로
몇 천 년, 몇 억 년쯤 되었습니다.
천 년 고도 전주 옛 마을을
아주 잊지 않고 계시는지요,
구름이 써놓고 간 시(詩) 한 편
그냥저냥 풍경으로 흐르고 있지요.

언젠가 주신 뜻 마음에 새겨
사무치는 정 하루를 청해 봅니다,
고운 님 고운 눈 열고 어서 오시어요
고운 님 고운 맘 열면 내 맘 꽃필 텐데
오시는 날, 전주 한정식을 준비하고
작은 선물로는 전주 한지 한 권
합죽선에 홍매 한 폭이면 반길지
새벽이슬 '연지못' 연꽃바람 품어보서요,

그려보는 얼굴, 설렘으로 온밤 뒤척이고

오시려나, 오시려나, 선홍빛 그리움 안고
오색 낙엽 계절 어디쯤 밟아 오시는지
흰 눈 대지 덮은 듯 소식 까마득하여
잊었을까, 내 이름도 하얗게 지워졌을까
그러나 울지 않아요. 인기척 끊겨 오래지만
언젠가 그 눈빛에 피던 무언의 약속처럼
좋은 느낌 하나, 그 힘으로 기다려 삽니다.

눈물 고인 꿈

사랑은 어쩌면 편견이다
멋대로 색안경 썼던 사람아
눈물 고인 꿈아
이젠 흔들지 말거라
잊어지지 않던 사람
옛 꿈도 그 꽃 덧없이 지고
붙잡고 싶어도 되돌아봐도
어제였을 뿐 오늘은 아니다
못 견딜 상처도 세월에 아물었거니
하늘과 땅 사이 똑같은 날은 없다
멈춰 있는 것 아무것도 없다
세월의 미련이여,
고마웠다. 이제는 잊힌 풍경
새롭게 시작하니 되돌릴 수가 없다
흐르는 물로 아득하게 흐르자

그리운 계절

문득 뒤돌아보니 그리운 계절
끝없이 불러 주고 관심 주고
맑은 샘물 퍼 올려
정신의 밥상 내밀었던 그날들
넉넉한 그 하늘이
이토록 그리운 까닭입니다
늘 기다리셨고
칭찬의 날개 달아주셨던
그 품 얼마나 넓고 훈훈했던지
벽난로 가슴으론
떠는 영혼 덥혀 주었던
정녕 그 때가 절정이었어요.
큰 하늘 넓은 세상
새처럼 나비처럼 날아 보던 계절

3부
마라톤트랙을 차오르는

마라톤트랙을 차오르는

어쩌면 입춘 날 너의 부름으로 잠든 내 눈
반짝이며 떠지는 그런 아침이다
내 귀가 땅 가슴이 꿈틀꿈틀한다
어제의 눈사람도 녹아내리고
오랜 가슴앓이 기쁜 눈물 질펀하다
어디 어디에 있느냐고 귀 반짝 입춘
열었다, 깊은 이 마을 누구누구 살고
도시에서 한 번도 벗어난 적 없는
그래서 새의 노래 단연 뜨겁다
이월의 길목 속보를 부려 놓는
한 소식 네 이름 뭐였더라?
트이는 듯 막혔던 정보통 立春大吉
建陽多慶 반갑다 오늘 정점으로
한해 설계 정겨워라 봄맞이 여행소식
남녘으로 가는 기차표 두 장 사가지고
기쁜 말 땅콩처럼 고소하다 발 부르튼 기다림
키 높은 설렘에게 다가설 약속날 꼽아 보면
그리운 마음 키를 높여 빙글 춤이 돌고
마라톤트랙 힘껏 차오르는 것 같아
오늘은 그런 날이다

시인의 길

지나온 계절엔 한없이 울었지만
태풍에 할퀴인 나무처럼 신음했지만
오늘 일어나 이슬 털어낸다
깨지고 상처받고 고통스런 삶이어도
이 어둠 지나면 아침이다
다시 시작하며 사랑할 저 너머
빛을 캐러 가노라 또 다시 사랑을 위하여
떠나리라, 아름다울 사람에게로
어제는 흘러갔고 옛날일 뿐
오늘과 내일이 있다
시인의 길을 간다는 것 쉽지 않지만
아이처럼 꿈에게 말을 건네며
때론 자연처럼 대담하게 길을 찾아서
다시 일어나 이슬을 털어낸다

다시 봄은 길을 재촉하는데

반짝 불 켤까 이대로 잠재울까

당당히 고갤 들까 내처 침묵할까

다시 눈부신 하늘 꿈꾸어 볼까

온몸과 정신을 빛살에 찔린 채 산 넘어 오는

만삭이 된 바람은 밤마다 고뇌에 차다

언제나 불안케 하는 건 어둠에 깊이 잠든 내일

아아, 해는 다시 뜰 것인가

이대로 아픔은 끝없을 것인가

긴 겨울 의미가 되지 못하는 목숨을 붙들고

시(詩)가 되지 못하는 삶을 붙들고

눈물은 뿌리를 적시며

얼어서 돌이 된 것들을 깨우기 위해

저리 한 줄기 바람은 다시 계절을 꿈꾸고

봄은 아직 피어나지 못한 풍경을 기다리고

길은 어서 가자 재촉하는데

기다림 줄기줄기 고개를 들어 새롭게 태어나는 걸까

암, 태어나야지

이 길이 떨린다

나는 내가 떨린다,
혼의 정신 가슴의 일 꿈길로 이어내는
조금씩 열며 가는 겨울에도 포기하지 않는
작은 꿈 현실로 끌어와 내 몸에 맞추고 있다
어두운 그림자 아픈 실밥들 밤새 뜯어내어
새 아침의 의상 자존으로 입어 본다
늦었다 그렇지만 이토록 절실한 꿈 있다면
푸르게 일어서는 뜻 있다면 행복이다
산이 그리워 그리운 가슴에 발자국 찍으며
스스로 찍은 발자국 또렷한 길이 되리
거친 길 외롭게 걸어도 쓰러지지 말자고
그곳에 무사히 당도하기를 기도해 본다
구불구불한 길엔 여전히 눈물로 패이지만
가는 길이 헛꿈이라 조소 같은 눈짓하여도
스스로 빛 부르며 꿈을 확신으로 끌어안아 본다
골똘히 달려가는 혼의 노래 꿈으로 타올라
힘차게 타오르는 길은 울음 반 웃음 반이다
빛의 꿈이 두렵다 이 길이 떨린다.

그리운 상상

늘 가던 길 아닌 딴 길로 가 봐야
딴 세상도 만날 수 있다는
놀라운 발상 하나로 서 있다
상상을 품고 떠나 보는 설레는 여행
기대치의 높은 음표
저 안쪽에서 진지하게 뛰고 있다
나무도 꽃도 빨갛게 손뼉을 친다
무서운 힘은 제로에서부터
영혼의 먼 길 겁 없이 직진한다
더 없이 빠른 템포로 뛰어가는
꿈의 방향에서 뻗어가는 명랑한
그해 눈빛 바람은 길목에서
나무새순처럼 청량한 소리로 웃고
상상 그 안 엿보는 얼굴이 있다
한해의 설계 사뭇 즐거운 표정
황홀한 새벽의 풍향계는 문을 열다
아아, 이토록 애태운 그리움

사는 이유

기필코 살아 꼭 남기고 싶은
시 한 편 잘 써야지
그런 꿈이 있어 나는 살았다
내 바람은 오직 그뿐
그 하나면 더 바랄 일 없다
한 편의 시를 가슴으로 쓸 수 있다면
내가 사는 이유 충분하다
어쩌다 꿈결처럼 누군가 찾아와
내 시를 읽어준다면
내 사는 보람 행복할 이유는
그 하나로 다 이루었다 말하리
하늘만한 그리움 온밤을 달려
먼 데 어디던가 아득한 나라에 닿아
그리움 별로 떠 깜박깜박 소통이 된다면
어느새 내 울음은 울음 아니고
어느새 내 한숨은 한숨 아니고

뒤척임

또렷한 의식 하나가 눈감지 못하고
삼경 한가운데를 지나고 있다
끝 모를 꿈 숨길 수 없고
끝 모를 아픔 숨길 수 없어
삼경 한가운데를 뒤척이며 지나고 있다

70

내 마음 사월이라오

신천지를 아시는지요,

낮은 음률 산과 들 펼쳐가는 멜로디

아시는지요,

지휘봉 흔들면서 재재바르게 출발하는

고운 눈이랑 부릅뜬 혼 보고파 하신 건 아니던가요,

부재한 것 너무도 많은

헛헛한 땅을 아시는지요,

마악 돋아나는 생각

어둠 묻지 않은 원시림 보러 가십시다요,

손가락발가락이 찔레 순마냥 푸르게 물들어가는 날

꼭 오시어요, 나의 연인이여!

최초 날처럼 최후의 날인 듯 축배를 들어요,

뉘신가 이토록 보고파요

첫 노랑나비를 발견한 설레는 마음

왼 밤 뒤척이며 편지를 쓰는 혼자만의 시간이에요

꿈 하늘 연모하는 지극함이

파스텔 빛깔 아련함으로 쫓아가면 안 될까요

가슴에도 눈에도 봄의 신기루 드리운

문 열고 꿈길 찾아 떠나는

초롱초롱 켜들고 마중가고 싶은
내 마음 사월이라오.

72

징게맹게 금빛 노을

징게맹게 금빛 노을 황홀지경이라오
끝 다이 넓은 들 꿈 여는 사람 살고
김제 땅 김제 힘 이름표를 달고요
따뜻한 온기 철의 띠 둘렀소이다
어머니 가슴마냥 젖과 꿀 흐르는
땅과 바다와 하늘 경계 허물며 오는
황금 들녘 지평선 가을축제
타는 목마름 적시는 곳
나라 사랑 조상 핏줄 탄탄히 이어받아
도도히 서해를 지키고 있소
꿈의 혼 깃든 노래 들어 보소
억만 년 예술혼 꽃피는 징게맹게
우리 마음에 깃발 꽂나 보오
노을로 물들어 타는 마음 어쩌리오
풍요와 평화 가득 품어온 이 땅
세계 향한 근사한 꿈과 사랑 펼쳐 주소

꽃

우리는 저마다 세상꽃 같아라

세상꽃 모두 우리 모습 같아라

저마다 고운 빛 우릴 닮았는가

너도 꽃 나도 꽃 우뚝한 세상에서

누가 누가 더 고울까 예쁠까

만남은 환상과 끼의 봄꿈인가

그 끝을 몰라라, 한 황홀 몰라라

매혹의 아름다운 자태를

74

한 휘파람

한 휘파람 오고 감은
정겹고도 두려운 낭만인가
보고 또 본다, 한 그리움
쓰다듬어 바라 울어보는 날
마음은 문양 비다듬어
본향 꿈꾼 것 모르지
푸르러 보자며 살며 지키던 일
오늘에 우습다, 모두 서운함뿐
탈 없고자 마음 비워도
누군지 할퀴며 가는
그리운 사람 잊혀 아프고
마주보고픔도 서럽다
속절없는 사랑도 미움마저도
천천히 아쉽게 진다
마음에 곱게 빚어 보고픈
꿈들이 몇 조각이나 될까
애태우다 울먹이다 떠가는
그리워라, 한 휘파람

내가 사는 법

내 안에 다 있다
행복도 불행도 내 안에 다 있다
우리 함께 사는 날들의 희 · 로 · 애 · 락
작지만 소중한 마음 나누며 즐겨가는 일
부자로 사는 기본바탕이다
내 안에 소망하는 모든 것 다 있다

현실 속 안주하지 못하고
바람 부는 쪽에 머리를 두는
위태롭게 서 있는 절규하는 불새들
환상 속 비상하는 존재들이 있다
그게 시인의 한 모습이라면
그 무리에서 제외 당하고 싶은 나다

울타리를 두르고 흙 밭을 보석광구인 양 가꾸는
농부인 나는 시인 축에도 못 끼는 족속인가?
가슴 하나 열어두고 우주를 거니는 일
고통을 업고 사는 오늘이어도
내일이 결코 두렵지 아니한 사람

계절 마음은 결 고운 사색으로 수를 놓고
정신의 추 반듯하게 무게도 달아 보고
화려한 바깥 귀 멀리한 채 침묵하고 지운다.

저녁에

많은 날 하늘의 별 바라봄
다만 홀로 그뿐
질펀한 눈물 별로 떠
겨울나무 둥지에 걸렸다
핏빛 서러운 맘
봄 강물에 풀려가는 저녁
꽃불 심지 밝혀 두고
꽃잎인 양 눕혀 본다
함빡 젖은 내 사랑
비명처럼 한 송이 되다
눈사태 구름장 안에서도
뜨거운 숨결
붉게붉게 피어도 좋으련만

78

나무처럼

나무는 한 곳 깊숙이 발 묻고
몇백 년 몇천 년 한 하늘 아래
갈등도 조바심도 없이
온전한 믿음 하나에 초연하다
하늘을 꿈꾸는 나무나무들
저 깊은 땅에 불 켤 수 있음이다
뿌리 깊은 나무는 거친 비바람
태풍 눈보라도 노래 품어 의연하다
시인 된 나도 꽃피는 계절
화려한 봄철만 꿈꾸지 아니 해
나무처럼 하늘 소명 받들며 살아가리니

저물녘 편지

별똥별처럼 떨어지는 눈물 편지
한 영혼이
길고도 머얼리 울면서 간다
새처럼 처연히 먼 하늘
날아서 간다 하나의 사랑
목숨 저미는 이야기
노을로 떠 흔들린다
오래 된 삭신 하나 감아쥐고서
어디로 떠나려는가
꺼억꺼억 울고프던 한 맺힌 그리움
숨겨 왔던 절절함도
저 멀리 날아가고 있다
오늘밤 하르르하르르
꽃비로 내리고 있다.

80

4부

초봄의 풍경

초봄의 풍경

한 세월이 깊은 잠 깨어 환호하고 있다
부드럽게 태양을 싸안은 신비한 안개
비단 드리운 듯 축복의 계절
방긋 잎사귀를 세우고 꽃눈을 열다 봄 타령 드높다
새롭게 열려가는 것들 그 해의
첫 열차 타고 기쁘게 떠날 채비를 한다
먼 길 바람 거느려 꿈의 손목 잡고
연두 신선한 피로써 시작하는 그리움의 선서

하늘과 땅 나날이 가깝게 교감하며
빛의 새 역사 서두를 써내려 간다
일기예보 말하듯 오늘의 이마 화창하고
한 계절 웅비의 몸짓 우주 깊숙이 흔들리다
저마다 무엇이 되어 다시 일필휘지하며 예지로 서다
소중한 사연 무수한 불면 지나 떠오르는 아침해 보며
기쁨의 함성이다 아름다운 초봄의 풍경
마침내 우리 대장이 새벽을 높이 널리 알리고 있다

새들은 둥지에 정성껏 알들을 모으고

따끈따끈하게 품고 갈 그날 기다리고 있다 겨울을 무탈하게
건너온 천만 가지 나무와 꽃봉오리와 풀잎들 시샘하듯
사랑스레 화관 쓰고 다시 한 세상 축배를 들다
너나없이 군무를 추듯 가는 길 뻗어나는 봄의 기운 자랑스러라
이것이 빛의 서시 오래 기다려 온 오늘이라고
서로의 날개 뜨겁게 엮고 마음 서둘러 걸어가고 있다
큰 동네의 한마당이 바로 이런 것 아니냐고 다짐 두며

오랜 기다림 겨울바람 몰아내고 꿈 머금은 산과 들
눈썹 비빈다, 봄날은 반듯하게 서서
천 년 위 다시 천 년의 비상을 꿈꾸는 삼월
그 유연한 몸으로 대서사시의 첫 장을 써내려 간다.

보랏빛 환상 꽃불

한 꿈은 무슨 빛깔 되었는지
새잎 돋듯 그대 고운 얼굴
망울망울 빛으로 번지던
한 계절이 머물다 가고 있다
아직 남아있던 푸름도 가고
깍지끼고 기웃대던 애태움도
꿈길, 등불인가 꽃불인가
맑게 눈 비비며 반짝이던
기쁜 촉수 상큼하게 손흔드는
오순도순 오가던 광장에는
천리만리 보랏빛 환상 꽃불 타고
줄기줄기 기쁨의 냄새들
바라보면 높푸르던 열매들이
하늘 꿈에 익어가더라

84

오늘에는

우리 더 낡아지지 말아요, 오늘에는
미완의 생이거늘 목숨에 꽃등 달아 봐요
그립다 그립다고 수많은 날에도
초롱꽃 피듯 시(詩)나무처럼 간절한 기도로
꿈의 언어로는 꽃봉오리 입술로는 노래 불러요
해도 달도 솟아오르는 오늘에는
이글 타오르는 혼을 켜 단단한 대지 위에
꿈은 피어, 산도 강도 춤추며 흥겨운 오늘에는
떠나보아요, 가보자구요, 구름연가 피어오르는
한달음에 달려가면 닿게 되는 그곳으로
이제는 서로를 헐어 바치며 살자고요
오늘에는
아아, 오늘에야 우리
고봉밥 퍼 나르듯 신명을 퍼 나르듯
소쿠리 가득한 마음도 나르면서
찰진 웃음 깨어나 반짝이는 오늘에는
모든 네여, 손잡는 사랑이여!
서로를 장하다, 장하다 끌어안으며
여린 사랑조차 꿈으로 오는 오늘에는

모두를 아우르며 빗겨주려 하오
아름다이 손잡고 흘러가는 오늘에는

*위 시는 〈내 첫사랑인 양 꽃 바치고 싶다〉『전북문단』에 실린 작품
을 2012년 11월에 재창작함.

86

아득해라, 천리만리

이 깊은 안쪽 찬란해야 할
우리 축복의 노래
마음 가득 허밍으로 불러야 될 내 사랑
잠들 듯 고요 속에 타고 있어라
어찌하여 우울하고 눅눅한 거리에
쓸쓸한 오후의 삶을 내려놓는 것인지
예쁜 별 고운 별도 시방
눈 흘김 된 채
이토록 미워지는 그리움인가
어린왕자 사는 하늘의 별나라에도
때 없이 마음 접어 울고 있는 떠돌이
바보 별 살고 있는지
가슴으로 품어 온기 전하고 싶은
별아, 별아, 별아
살았거든 무슨 말이든 이야기든
어떤 소리로든 반짝이며 손 흔들어 보아라
살아볼수록 아름다운 이 세상을
발목이 휘도록 거닐어 사랑하고픈
절절한 시간인데

심중의 말 한 마디 들어줄 너 없음으로
오늘 이 거리 텅 비어 허전케 비켜만 가고
숨겨져 아무도 모르는 굴절된 빛
한숨으로 가엾어라
바람은 천 만 꽃송이 천 만 빛깔로
신의 전능이듯 화려한 자태 희롱하는데
섭섭하게 못다 이룬 꿈 하나
불면 되어 천지에 비를 뿌려 젖어가는
오랜 속울음이다
참을 수 없는 풍경 하나
초월한 듯 외롭게 저물고
수많은 갈등 연민 고독이 수런수런
마을을 건너며 한 세상 무늬 놓는 사연들
적막 저 혼자서 쓸쓸히 시간 견디며
거울을 들여다보며 있다
삭지 못한 무거운 침묵 흐린 강물로
더디 더디게 흐르고
흐르는 속에 어두워진 몹쓸 이 마음
울먹이는 마음에게

88

상냥한 빗질조차 두려운 시간
외로워라, 추워라, 아파라
가난해진 그대와의 고운 사이
아득해라, 천 리 만 리
누구 묻지 말거라, 여기까지를

꽃의 전언

자주 높은음표로 뛰어가고픈
꽃은 꽃이 못 되었다고 띄운다.
때마다 축복의 말 못한
흔한 전화도 없이 바라보던
감춰둔 너로 고통 저렸다
은밀하게 폈다가 접는 이름
너 있어 가슴엔 꽃이 무성했어도
한 송이도 던질 수 없었으니
마음 시렸다 참참, 이런 밥통 있다고
이제야 띄운다.
바라보고 훔쳐 보고 한 줄도 못 쓴
끈적이는 시늉 이름이든 말이든
접으면서 조그맣게 웃었다.
앓아누운 가슴에다 다이아몬드 키웠지만
불탈 수 없는 붉은 눈시울만
애틋하게 슬픈 한동안
스스로를 탓하였다, 잊혀질 잊혀질
피었다 지는 그리움이었다.

90

어려워요, 나는 사랑이

한 마음이 주는 고운 향기로 살아가려 하지만

고운 향기 따라 해처럼 달처럼 살아가려 하지만

한 세월 뒤돌아보니 부끄러울 뿐

모두 다 모자랄 뿐인

어리석은 어리석은 저를 돌아봐 주시어요

꿈꾸었던 사랑이여,

그리워 울고 우는 사랑이여,

추운 밤 지나 봄비로 와 마음 적셔 주시어요

추운 철 지나 꿈 너머 꿈 가슴이여 어서 와 꽃피어 주시어요

이토록 오래인 기다림이었으나

이토록 오래인 아픔이었으나 나는 믿고 또 믿을 거예요

산 넘고 바다 건너 꿈으로 춤으로 포즈로 와 열려주실 것을

사랑은 열락이요 환희의 노래

흔들리던 계절 오랜 사색의 문 열어제치고

기적 같은 향기로 내게 어서 와 주시어요

오래인 날들이 외롭고 아픈 것은

마음 저리고 괴고 괸 슬픔에 우는 것은

이토록 어렵기만 한

이토록 열리지 않는 마음에 잠들 수 없나 봐요

그대 사랑 알고 있지만 무슨 까닭인가요?
어려워요, 나는 사랑이

너의 향기로

너의 향기로 나는 눈떴다
행복한 눈뜸을 꿈이라고 말할 때
푸르른 사랑은 깨진 무릎을 세우고
오랜 절망의 깊은 강 건널 수 있게 소리로 오는가 봐
바라만 보았고 슬픈 마음 깊이 잠겨 있어도
느낌으로 알고 있지, 네 심장 박동소리
알아도 몰라도 가깝고 멀어도
외따로 살고 있는 나를 바라보는 너
웃는 듯 울 듯하는 조용한 나를 지켜보는 너
기댈 수 없어도 기댈 수 있어도
이 하늘 이 땅에 살아있음만으로
기적인 듯 와서 등 토닥이며 응원하는
미소를 건네며 천년만년 그렇게 손잡아주는
사랑이여, 꺾어도 꺾어지지 않을 사랑이여
절망이란 높은 벽 날을 수 있게 꿈 한가운데로
발그레한 햇살로 오고 오며 웃고 있는가 봐
내 마음의 세계지도엔 조국과 영혼의 고향
아버지 처음 주신 희망이란 말씀
생생하게 깊숙이 살아 숨쉰다

북극성은 너의 별자리, 나는 웃고 있다
나도 너처럼 큰 꿈 지녀 살아 보련다
꿈은 수많은 절망도 넘어서도록 다시 다시금하며
오래오래 등불 밝혀 나의 등 쓰다듬어 주나 봐

눈꽃

너에게 너에게로
꽃 몇 송이 눈물 되어 간다
숨죽이며 살포시
너의 어깨와 가슴으로
한숨 섞어 내려앉으며
그만 운명처럼
스며들고 싶다.
자꾸자꾸 휘감기며 추락하며
꽃피우며 소복소복
미친 듯 가는 내 마음
마음 깊은 곳
아프게 갈망하는 한 생각
가슴에 포개는 꿈 어여쁘지만
맺을 수 없어 허공에 핀
서리서리 눈물꽃

쓸쓸할 때

*이 시는 『월간문학』 10월호, 〈이별의 노랫말을 따라 부르다〉를 재창작

누군가에게 상처받고 잠 못들 때
쓸쓸할 때 노래를 불러 보라
바람 따라 구름 따라 길을 나서면
웬일로 위안 될 때도 있지
짙은 우울 가득할 때 쓸쓸하지
인생이 혼자라는 말 맞다 느낄 때
어디를 둘러봐도 명약이 없을 때
찾아가 보라, 서점에 들러 보라,
거기 스승이, 친구도 있을 테니까
완벽한 사람 어디에도 없다 느낄 때
누구도 마음 알아주지 않을 때
사랑의 포즈로 맹세했다 하여도
착각일 뿐 위선일 뿐이라고
도저히 마음 줄 수 없을 때
찾아가 보라, 서점에 들러 보라,
독서란 상처를 쓰다듬고 위로해 줘
세상에 슬프지 않은 사람은 없다
원망이나 서운함을 버리고
슬프면 차라리 울고 또 울어 보라
영혼이 촉촉해지도록

풍경 · 둘

긴 도랑을 내고 있다
천 년 전부터 물줄기 흐르며
오랜 근심을 걷어내고 있다
속 시원히 도랑을 치는 노을 속 그림
한 황홀 엿보다가 풍경도 빙그레하다
모든 기쁨이 이러하리라
사는 일도 사랑에도 긴 도랑은 풍경 같은 것
절실한 약속이며 밤마다의 일기 같은 것
다 늦었는데 꿈인가 길인가 희망인가
긴 도랑을 내고 둑 너머 나무를 심어야 하는 까닭
여기저기 터를 잡아 희망을 심어 보는
남모를 뜻이 여기에 있다
정녕코 후회하는 일 없게 도랑도 내고
나무도 심고 길에 뒹구는 근심도 걷어차며
꿈의 나이테로 걸어가는 날들

마음

한가로운 구름이다
초록 의상 하나 걸치고

바람이 지날 때도
걸림도 흔적도 없다

어디에도 머물지 않으니
끈적임도 없다

바라지 않으며 무심하게
물결로 물 흐르듯 흘러갈 뿐

98

오후의 보법

오후엔 널 놓아주려 결심했다
으스러지게 안아 보고픈 너를 품고
한 번쯤 무너지고 싶을 때도 있었지만
이제 너를 보내 본다
자유롭게 돌아올 수 있는 날을 위해
모든 애착을 풀고 바라보는 오후

무심한 세월은 저 오랜 강물 더불어
부드럽게 흘러가며 흔드는 마른손 애처롭다
말없이 가만가만 손을 흔들어 보는
다시 만날 그날을 위해
가을꽃 그윽한 얼굴이 청량하다
그냥 반듯하게 걸어가는 오후

들길 산길 하늘길 자유로이 건너가며
초연한 듯 우직한 듯 진지한 보법이다
아주 오래된 마음이 느릿하게
눈빛 하늘 마음 자리마다 가려 딛고
바람처럼 구름처럼 한가로워

오후에는 무심하게 걸어가는 보법이 제일이다

하늘과 나무와 꽃들이 무심하게 서 있듯
삶의 페이지도 여백을 키우며 자연의 부분처럼
편안하고 자유롭고 천진스럽다
돌이킬 수 없는 것도 지우고 인생이 품속에서
잊히며 그리워하며 돌아오고 있는 걸까
사랑하며 그냥 흘러가는 것일까

내려놓다

1.

마음 내려놓고 하얗게 비우니 화선지 되었다
자연에 들다 보니 산골에 들다 보니 허연 무 속살이다
하늘 나무랑 꽃 들풀이랑 다정하게 오솔길 거닐고
바람이 시냇물이랑 바윗돌 풀벌레들과 도란도란하는
마음은 풀물 들고 그리운 생각 하늘로 편지 쓰고

2.

세상사 잊으려 오늘 삼보리에 들고 싶다
하늘만 바라다 구름만 바라다 바다만 바라다
빈 가슴 열어놓고, 빈 생각 열어두고
하늘 말씀, 부처 음성, 엄마랑 어린 추억을
나뭇잎 스친 친구 발자국 자유로운 허공

3.

먼 데 가본 적이 없는 풍경이 꿈인 듯한
마을 개울가, 송사리 잡던 그 시절로 거슬러
고향에 쉬고 싶은, 한 번쯤 옛날이랑 놀아 보는
풀꽃반지 추억, 공기놀이 땅따먹기 시절 그리워

엄마냄새 친구냄새 참외 수박 서리하던 옛 시절

　　4.
저만큼 노을빛 하늘 말씀 물드는 저물녘에
이도 눈감고 나무 그늘 아래서 룰루룰루 랄랄라
저도 눈감고 흐드러진 뜰 아래서 호이호이 호이
나무 들꽃 이야기로 웃고웃고 행복하고만 싶은
무슨 고백해도 끄덕끄덕, 그래그래 대꾸하고픈

102

5부

마음의 문

마음의 문

냉정하게 바라봤던 바깥세상
굳게 닫았던 마음의 문
처음처럼 산뜻하게 열자
한 목숨이 다시 꿈꾸며 사랑하며
나와 너 우리들 한 데 어울려 꽃이 되자
바라보며 기다리며 모두를 사랑하신 우리 아버지
그 크신 은총에 눈 떠 알아차린 오늘이다
삶이란 동그란 테마냥 사랑의 내용으로
위에서 아래로 동에서 서으로 손잡는 것
뾰족하던 너와 내가 자꾸만 들이받던 뿔
평화롭게 향기롭게 아름다운 문으로 서서
삶의 중심 튼실한 기둥 멋진 힘이 되자
서로 뿌리 깊이 바라보기, 이는 사상이다
서로 영혼 밝게 살려내기, 이는 사랑이다
서로 빛깔 곱게 안아주기, 이는 실천이다
살아간다는 건, 한 점 혼의 불빛으로
어둠 이겨내고 아름답게 현실의 낮밤 직조하며
나날을 땀 흘려 진정한 자기 얼굴 가꾸는 일
오늘 살아있다는 표시, 함빡 소리쳐 웃자

우리 서로 신뢰의 문 열어 백촉 불 밝혀 들고
가슴가슴 환하게 행복한 기쁨아 어서 꽃피자

씨앗 하나

처음엔 점으로 시작된 미미한
무어라 말할 수 없는 씨앗 하나
눈도 마주치지 않는 그런 것
그런데 시작처럼 눈이 싹튼 것
이름을 부르고 생명을 준 은혜로움
뼛속 깊이 자라는 나무의 시작이라고
열매가 열리는 우리 가운데 있는
꿈의 나라 우리들의 숲이라고
닫힌 눈 닫힌 마음에는 보이지 않아
빛의 눈부신 뼈로 건너가 보면
깊은 마을과 접목시킨 길이 열리고
가다가 보면 꿈의 몸도 만져지고
영원이라는 열차도 탈 수 있다는
나무들의 이야기를 들을 수 있다는
귀 기울이면 하늘을 담아 보면
아름다운 세상 열리고 어떤 시련에도
꿈꾸던 씨앗이 커서 열매가 열리는
기적이 이루어지는 별들의 마을이 보여
아버지의 땅 씨앗 하나 그 생애가 보여

붉은 꿈

황홀하여라. 저 붉은 꿈 하나
빛을 열고 꽃의 예감에 오라
끝없이 사무치던 깊은 샘가로
영원을 딛고 오는 물결로 솟구쳐라
남은 생애를 바쳐 뜨겁게 얻고 싶은
다시 날아 보는 새의 날개 되어
계절의 품속으로 날갯짓해 보는
그 하루 한 채의 궁전이라
긴 날 비워두었던 정갈한 뜰에
천년 눈부실 사랑의 꽃 배롱이여!
그리워, 아름다워, 특별해, 하늘로 열리는
커다란 희망이었다 혹은 절망되기도
고통마저 황홀한 영혼의 창
오랜 갈망은 마음 길에 외로이 서서
찬란한 우주의 소리 품었어라
붉은 꿈은 넉넉하여라
살아있기에 어떤 경계도 없이
마음의 나침반을 따라가
꿈에게 기대며 쓰러져라, 가서 안겨라
내 운명의 안섶에 숨은 슬픈 기쁨

고백성사

젊은 날엔 몇 잎 꽃잎
죄조차 꽃잎처럼 보였습니다
꿈인 듯 떨림인 듯
아름다움이라 이름 짓고 싶었습니다
허공의 벼랑을 타고
아슬아슬 건너는 일도 가슴 뛰었습니다
위태롭게 걸어가는 꿈속의 나는
생의 많은 날이 어리석음이었습니다
그러나, 그러나
그 길이 아님을 알게 된 지금
말갛게 채워질 여백이 너무 소중합니다
참사랑 익혀 갈 여백이 너무 감사합니다
타고 있는 노을 바라보며
마음의 심지에 촛불 켜둡니다
빛을 따라가는 마음의 길
이제 그대 손을 놓아 드립니다

못

나는 죽었습니다
알 수 없는 운명의 장난에 버림받아
캄캄한 속 홀로 울었습니다
아니 스스로 못 박아
죽었습니다
아버지는 아시는지요
존재 가장 깊숙한 곳에서
오관을 타고 흐르는 눈물
이는 버림받음 아니라
벼랑 끝에서 다시 하늘로 솟구치는
희망의 점이라는 것을
이젠 사랑으로 견고히 서 보는
죽음을 이기고 살아가는
땅의 습관 부수고 하늘 모습에 살겠습니다

꽃무릇 · 1

마음 하나 옛 그대로 간직하였더라도

어찌 잊어 살아온 세월이더냐

너를 잊고 십수 년을 죽다 살았다

이 아침 화사하게 목 늘이고

앞뜰에 환각인 듯 내려와 서 있는

한 그리움 바라보노라니

어디 내생에서 온 것만 같은

어디던가 먼먼 꿈결 속 만난 것만 같은

아픈 혼령은 간절히 살아와서

가는 곳곳마다 붉은 환청으로 말하듯

꽃무릇 · 2

초가을 하늘로 그리운 고향이 소리치며 온다 해도
너 달려오면 떠나야만 하는 나의 운명

이렇게 꽃피는 소식 하나를 네 곁으로 보낸다만
타오르는 부끄러운 마음 둘 곳 몰라라

어디론가 숨고만 싶은
어디론가 술래처럼 또 다시 숨는 술래

그립고 그리웠던 마음도
보고프던 생각조차 허무하다

찾지 못하고 찾을 수도 없는
엇갈리고 엇갈린 꿈의 파편이 안타까워

꽃무릇 · 3

눈부시게 푸르던 산사의 품안

절절한 허공 앓아눕던 날

황홀한 마음
황홀한 향기
황홀한 빛깔
황홀한 음성
황홀한 체취

아리도록 어리다 떠나간 흔적일 뿐

왼 산을 뜨겁게 싸안고

까닭 모를 그리움만 그대로

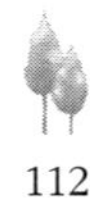

꽃무릇 · 4

봄이어도 선운산 앞 뒤뜰
가을이어도 선운산 앞 뒤뜰

저리 울어쌓는 불새들
계절마다 찾아드는 저 혼령들

붙잡지도 못했던 그 젊음
서럽다, 서럽다, 서럽다고

무녀는 꽃처럼 붉게 울어 자빠지더니
하늘 아래 모든 것 부질없다고

피눈물 노래삼아 아리랑 또 아리랑
기다림 길어 석산은 또 피고

아픔 준 너에게

아픔 준 너에게 절하며 살고 있다

너 없었으면 지금의 나도 없었을지도 몰라

어느 날 삶의 벅찬 숙제 안겨준 너에게

고맙다고 어떻게 말할 수 있으랴

오해 한 방에, 너의 대포소리에 내 생은 조각났을까

나는 너에게 칼 하나 던질 수 없는데

무슨 영문인지 모르면서 어떻게 너에게 막말을 하랴

도대체 무슨 연유로?

네가 칼을 던졌는지 알 길조차 없다

망연자실 울었던 시간도 지나갔다

깊은 상처 그 옹이에는 통곡보다 더한 핏빛 보석이 크고 있다

칼보다 무서운 건 무엇일까

너의 검은 술수 오해 한 방은 이토록 깊게 자리하였다

우리가 사는 동안 얼마나 많은 오해 속에 사는지

사랑일 땐 사랑을 모르고 이별일 땐 이별을 모르며 사는

우리들 아닌가? 어리석은 망령은 커다란 오해로

베어낼 길 없는 숲이 되었다

아픔이어서 슬픔이어서 놀라운 지혜를 알고

단단하게 사는 법 배웠으니 아픔 준 너에게 인사해 본다

잃은 것만큼 채워 주는 고마운 하늘 마음 있다는 걸
견고하게 세우며 살아가는 오늘이다

신은 새 옷을 지어 주시고

한 때 병원에 가는 일도 많았습니다
살면서 살아가면서
무슨 슬픔 무슨 화병 그리 많길레
인간의 거리에서 우울증으로 시들고

병원에 가는 일을 순순히 받아들였습니다
마른 하늘에 치는 날벼락
말은 칼이 되어 여린 마음에 난도질하고
이웃이 무서워 방안 깊숙이 숨었습니다

인간의 거리엔 시기, 질투, 오욕칠정 오물로 가득 차
세상에 적응하며 살기란 참 힘들었습니다
한 때나마 산천을 떠도는 구름과 바람으로 펄럭였던
마음의 상처 맑게 씻으러 병원엘 다녔습니다

그래도 낫지 않는 마음의 병 하느님께 고백하고
가난하고 남루한 세상의 헌 옷 신 앞에 바치니
송구하게도 신은 새 옷을 지어주시고
꿈도 몸도 새 잎 새 꽃으로 활짝 피어났습니다

지나고 보니 자신의 병은 한 몸통 속이었습니다
베어도 베어 내도 자라나는 세속의 욕망이었습니다
이 몸 산다는 것, 내 영혼 무엇으로 채울까 고민해야 함을
자기 안에 신을 모신 뒤 신대륙 발견한 아이처럼

세상 속으로 촛불 하나 밝혀 들었습니다
맑은 눈 가슴 속엔 예쁜 꿈 심고 가꿔 간직하며
어둠 앞에 서더라도 뜨거운 영혼의 노래
험한 세상에서 오랜 병마와 악의 무리 싹둑 자르고

나와 종교

기꺼이 죽어도 보았습니다
사랑에 버려지기도 하였습니다
알 수 없는 캄캄함 속
진정한 버림과 간절한 찾음
혼돈 지난 후에 보이는
용서하고 평화가 떠오를 때까지
무릎 꿇어 기다렸습니다
잘 죽기도 잘 살기도 자기 탓입니다
가장 깊은 곳에서 흐르는 눈물
용서란 누구를 위한 것일까요
버림받음 때문일까요
추락한 때문일까요
죽지 않고는 찾을 수 없던 때문일까요
죽음도 삶도 현재도 미래도
높고 깊은 사랑의 힘입어
모진 아픔 이겨내고 살아난다 합니다
모진 죽음 부순 후 부활된다 합니다

118

노을이 아프다

너 떠나면 무엇을 보며 살랴
불 지필 줄 아는
정 많아 다정이냐 이슬이냐
고통마저 환희였던
바라보면 눈물 번지던 풍경
이승의 산과 들엔 풀꽃들 피고지고
서녘 하늘 울며 가는 새의 고향
떠나는 노을이 아프다
단호히 떠남이던 것
홀로 눈부셔라 한 장의 추억
슬픔의 집짓기에 골몰하던 너
어찌 보면 생의 축제라
새 우주로 떠가는 바람의 모습
모두들 돌 던진다 하여도
인간본연 사랑순환에 고민했던
목숨이 누렸던 삶의 서정시
너를 따뜻하게 기억하마.

저 별을 보라

꽂꽂한 정신 하나를 품고
살아가는 저 별을 보라
육신은 지쳐 쓰러질 듯한 오늘에도
내일을 준비하는 마음으로 사는
오랜 사랑 내 친구여,
저 별을 보라
가까이 먹구름 모래바람도
실은 그 정신 크게 세우려 함이다
두려워하지 말라 사랑은 가까이
네 편이다 캄캄했던 벽과 벽 헐고
모든 두려움 흩어 버리리라
어두운 터널은 삶의 전부 아니다
보아라, 영원한 것은 없다
가다가 보면 만나게 될
새로 세울 사랑의 터 있고
지상의 높은 별도 만나리라
사랑의 친구여,
저 별을 바라보라
열망한 만큼, 소원한 만큼

120

기도한 만큼 이루게 될 오늘이다
아픈 날도 아름답게 회상하자
지난 추억들 보석처럼 간직하며
그리운 문으로 열려 오는 날
오랜 믿음 불씨로 살아
희망의 풍향계 가리키는
사랑의 방향 저 별을 보라
그 꼿꼿한 정신만 바라보라

서정미의 승화,
그 빛나는 독보적 시세계

홍윤기

일본센슈대학 대학원 국문과 문학박사
국제뇌교육종합대학원대학교 국학과 석좌교수(현)

한국 문단 30년 활동을 기념하며 황영순 시인이 엮어낸 주옥 같은 이번 '서정시집'은 저무는 2012년 도미를 알차게 장식하며 새해 2013년의 희망찬 새날에 더욱 눈부시게 빛나면서 한국 문단의 찬사를 받고 있어 평자로서도 기쁘기 그지없다. 문단 30년은 결코 짧지 않은 오랜 삶의 과정이거니와 남달리 빼어난 '시인의 길'에서 이 사람이 무딘 붓을 들면서 또한 큰 보람으로 느낀다.

예향(藝鄕)이요 선비의 터전 전주(全州)하면 자고로 신석정 선생을 비롯하여 여러 저명 시인들이 유난히 많이 활동한 명향(名鄕)이기도 하거니와 그중 오늘의 저명 여류 시인으로서 황영순 시인하면 참으로 뛰어난 리리시즘 시인으로 손꼽혀 오는 분이다. 특히 부군이신 최윤주 군수님의 온후하고 섬세한 배려와 지원으로써 크낙한 남부러움을 사면서 시업에 열중하고

122

있는 그 앞날이 더욱 자랑차게 기대되는 가운데 문학의 열매가 탐스럽고 눈부시게 생성되고 있음을 한국 문단 제현과 함께 큰 박수를 보내련다.

이번 시집은 어느 시편을 택하든지 성실한 인생 탁마 속에서 독자를 공감시키는 무르익는 서정의 향기가 넘치고 있다. 우선 그 중의 한 편 〈이토록 한 꿈이〉를 먼저 독자들과 함께 음미하기로 한다.

여기 이토록 한 꿈이
어여쁘고 어여쁘다
언제나 활짝 웃는 해야
따뜻한 온기 착한 다짐은
세월 흐를수록 맑아져 깊다
투명한 시간 공손히 깃든 뜰
살뜰한 사랑은 둥지를 달고
꽃들처럼 나무들처럼
새 희망 메시지로 설레는 날들
하늘 높이 편지를 쓰는 맑은 눈가엔
오늘도 그리운 꿈이 흐르고
새들 구만리서 찾아들고

– 〈이토록 한 꿈이〉 전문

이 작품에서 화자가 제시한 '꿈' 이란 무엇을 메타포(metaphor/ 은유)하고 있는가. "여기 이토록 한 꿈이/ 어여쁘고 어여쁘다"한 '꿈' 은 시인이 지금까지 걸어왔고 또한 앞으로 걸어갈 시세계의 참다운 이상상(理想像)이다. 그것은 '언제나 활짝 웃는 해'로써 찬연하게 불타고 있다고 했다. 독일 시인 라이나 마리아 릴케는 "시는 꿈이요, 영원한 희망의 시상(詩想)이다"라고 했지 않은가. 그러기에 화자는 이제 밝아오는 계사년 신년에는 "새 희망 메시지로 설레는 날들/ 하늘 높이 편지를 쓰는 맑은 눈가엔/ 오늘도 그리운 꿈이 흐르고/ 새들 구만리서 찾아들고" 있다고 노래했다. 온갖 긍정적인 소망찬 가치 형성 속에 시인의 명편이 우리 독자들의 가슴마저 설레게 하고 있다. 시는 결코 타고난 재능만으로 이루어지지 않는다.

황영순 시인의 시세계에는 탁월한 인스피레이션(靈感)의 새로운 이미지 작업이 뛰어난 재질을 잘 보여주고 있다. 모두 71편의 시에서 각기 유형의 특색을 더욱 잘 보여주는 주목할 만한 작품들을 선정하여 독자 여러분과 함께 공감하며 감상하기로 했다.

황영순 시인의 시작품들은 일관하여 분석하자면 표현상의 특징은 시의 대상을 의인화하여 작가와 완전하게 일체화시키는 표현 수법이 남달리 특출하다. 더구나 시의 콘텐츠 그 자체가 역동적인 이미지 처리로써 독자를 완전히 압도하는 빼어난 메타포의 테크닉이 두드러지게 묘사되고 있다.

우리는 저마다 세상꽃 같아라

세상꽃 모두 우리 모습 같아라

저마다 고운 빛 우릴 닮았는가

너도 꽃 나도 꽃 우뚝한 세상에서

누가 누가 더 고울까 예쁠까

만남은 환상과 끼의 봄꿈인가

그 끝을 몰라라, 한 황홀 몰라라

매혹의 아름다운 자태를
– 〈꽃〉 전문

시를 창작하는 일은 곧 시어에다 생명력을 불어 넣어 주는 작업이다. 특히 시인은 '운율어'(韻律語)를 통한 영혼(soul/spirit)의 엔지니어라는 것을 스스로 파악하면서 낱말 하나하나를 가지고 화자처럼 옥을 갈고 다이아몬드를 깎는 것과 같이 이미지 구상화에 심혈을 경주하여 시어를 탁마할 일이다.

'꽃'을 노래한 시인들은 많다. 그러나 '영혼의 시작업 엔지니어' 황영순 시인의 〈꽃〉은 유난히 새롭다. 누구에게서도 볼 수 없었던 신선한 이미지가 순수 서정으로 무르익어 역동적으로 다시금 이미지화 되고 있는 시의 미학성을 드러낸다. "저마다 고운 빛 우릴 닮았는가// 너도 꽃 나도 꽃 우뚝한 세상에서// 누가 누가 더 고울까 예쁠까// 만남은 환상과 끼의 봄꿈인가// 그 끝을 몰라라, 한 황홀 몰라라"에서 시각과 청각의 공감각적인 역동성은 설득력 있게 이미지로써 조화를 이루고 있다. 더구나 '꽃'이라는 현대시의 한 오브제(object, F)의 시미학적 대상 처리가 유난히 신선하다. 지금까지 한국시단에서 '꽃'을 이와 같은 시각에서 능숙한 새타이어의 표현법으로 노래한 일이 없다는 데서도 우선 독자를 감동시키기에 족한 작품이다. 한국 현대시 100여 년 동안 '꽃' 소재의 시는 흔하게 늘 많이 나왔으나 황영순 시인의 〈꽃〉은 자못 주목된다. 이 작품의 종결 부분에서 시인은 "매혹의 아름다운 자태를" 하는 마지막 시구의 도치법 처리 또한 한결 돋보이는 자아에 대한 기교적 강조법을 쓰고 있어 이미지의 표현 효과도 드높였다. T. E. 흄이 "이미지는 시의 생명으로서 바탕을 이루어야 한다"고 한 그의 강력한 이미지즘(imagism)의 주창처럼 성공하고 있는 것이 황영순이라면 과찬일까. 이 사람은 한 시인의 시작업이 한국 시문학사에 있어서 얼마나 값지고 소중한 역할인지 깊은 관심을 가지고 모든 시를 열심히 읽어오고 있다.

어디엔가 푹 빠져 살고 싶은 나에게
요즘 예기치 못한 대상이 생겼다
그곳에 가면 시간이 번쩍 지나 버린다
헛된 욕망도 꿈을 매만지던 젊음도 저만치 물러나고
이리저리 기웃거리던 치기(稚氣)도
이젠 사는 법 알았는지
삶의 경영학에 열중하다 행복은 먼 곳에 있지 않다고
마음 안쪽 깊은 그 힘이다 끄덕이며
사랑으로 올인하는 몇 평 땅
온몸 땀으로 흥건히 젖어도
가슴 뿌듯하게 고이는 기쁨의 샘물
마른 목 축여가며 안채로 돌아오는 길
과분하게도 수고한 보람 보따리마다 묵직하다
소비할 줄만 알던 사람에게
이건 너무 큰 횡재다
뼈도 살도 햇볕에 고소하고 쫀득쫀득 간이 배인
어머니 냄새로 구수하게 익어가고 있다
시간을 가꾸고 지키고 세울 줄 아는

126

고맙게도 철이 든 지금 이 시각

울컥 하늘나라 내 어머니 생각

유별했던 사랑 그리움은 눈물에 젖고

부끄럽지 않은 집 목젖 다 내놓고 하하하 웃는다

이런 삶 오래오래 맛이 있겠다.

– 〈채마밭을 가꾸며〉 전문

오늘날 우리 시단에서 시 소재(素材)의 빈곤으로 새로운 시가 계속 기대되고 있는 그런 견지에서 이 작품 〈채마밭을 가꾸며〉라는 새로운 한국현대시의 실험 정신을 높이 사주고 싶다. 채마밭은 화자의 순수 시서정(詩抒情)의 소박하면서도 지고(至高)의 현대시 시세계 진입이며 새롭고도 뛰어난 메타포로써 주목의 대상이 되지 않을 수 없다. 고향 마을 텃밭을 제재(題材)로 한 새로운 향토적 시미학의 세련된 시어 구사와 안정된 이미지가 조화로운 서정시로 독자에게 공감도를 드높여주는 가편(佳篇)이다.

"소비할 줄만 알던 사람에게/ 이건 너무 큰 횡재다/ 뼈도 살도 햇볕에 고소하고 쫀득쫀득 간이 배인/ 어머니 냄새로 구수하게 익어가고 있다"는 수더분하면서 잠언적인 메타포가 자못 세련된 직서적 시어로 심도 있는 이미지를 설득력 있게 독자들에게 전달시키고 있다. 섣불리 "나 시 잘 쓰네" 하고 잘난 체 말라는 아포리즘(aphorism, 잠언)이 아닌 스스로에게 던지는 삶에의 자성(自省)의 굵직한 흥미로운 목청이다.

뉴턴(Isaac Newton, 1643~1727)이 만유인력의 법칙을 발견하여, 고전역학(古典力學)에 대응하는 새로운 역할을 세운 것은 어디까지나 과학이다. 화자의 서두 부분 "헛된 욕망도 꿈을 매만지던 젊음도 저만치 물러나고/ 이리저리 기웃거리던 치기(稚氣)도/ 이젠 사는 법 알았는지"는 각성이 아닌 시작업으로써 현대사회의 시창작 방법의 새로운 메시지를 유머러스하게 표현하여 우리를 사뭇 즐겁게 해 주고 있다. 시란 반드시 난해하고 어려워야 그 의미가 강하고 사유의 깊이가 심오한 것은 아닐 것이다. 인간의 삶의 진실이란 어쩌면 시인이 자학적으로 겸허하게 노래하는 것에서 순수미가 창출되는 것은 아닌가 반문해 보고 싶다.

어쩌면 화자는 불가항력적인 우리의 고도 산업화 사회의 다목적 건설 사업이 빚어낸 역사적 족적을 문명비평의 시각에서 정신적으로 구원하려는 눈부신 향토애 정신의 '채마밭' 시세계를 가꿈으로써 큰 감동을 안겨주고 있는 것이다.

어쩌면 입춘 날 너의 부름으로 잠든 내 눈
반짝이며 떠지는 그런 아침이다
내 귀가 땅 가슴이 꿈틀꿈틀한다
어제의 눈사람도 녹아내리고
오랜 가슴앓이 기쁜 눈물 질펀하다
어디 어디에 있느냐고 귀 반짝 입춘
열었다, 깊은 이 마을 누구누구 살고
도시에서 한 번도 벗어난 적 없는
그래서 새의 노래 단연 뜨겁다
이월의 길목 속보를 부려 놓는
한 소식 네 이름 뭐였더라?
트이는 듯 막혔던 정보통 立春大吉

建陽多慶 반갑다 오늘 정점으로
한해 설계 정겨워라 봄맞이 여행소식
남녘으로 가는 기차표 두 장 사가지고
기쁜 말 땅콩처럼 고소하다 발 부르튼 기다림
키 높은 설렘에게 다가설 약속날 꼽아 보면
그리운 마음 키를 높여 빙글 춤이 돌고
마라톤트랙 힘껏 차오르는 것 같아
오늘은 그런 날이다

– 〈마라톤트랙을 차오르는〉 전문

‘마라톤트랙’은 지구 위의 어디에나 널리 존재한다. 그러나 화자는 새로운 알찬 삶의 마라톤트랙을 창작해 내느라 무진 애를 쓴다. 고뇌한다. 과연 황영순 시인은 새로운 시를 쓰는 시인이다.

화자는 밝은 새봄의 절기 ‘입춘’ 날에 삶의 진실 추구의 신선한 결의 속에서 “내 귀가 땅 가슴이 꿈틀꿈틀한다/ 어제의 눈사람도 녹아내리고/ 오랜 가슴앓이 기쁜 눈물 질펀하다/ 어디 어디에 있느냐고 귀 반짝 입춘이/ 열다, 깊은 이 마을 누구누구 살고/ 도시에서 한 번도 벗어난 적 없는/ 그래서 새의 노래 단연 뜨겁다”고 밝힌다. 아니 고뇌한다. 고뇌는 철학가에게는 삶의 새로운 방법을 탐구해내는 과정이지만 시인에게 고뇌는 삶의 아픔을 극복하려는 새로운 이미지 창조의 소박한 축제(祝祭)다. 얼마나 더 많이 고뇌하느냐가 그 시인의 작업을 그만큼 더 오래도록 빛내줄 것이다.

영국 문호 셰익스피어(William Shakespeare, 1564~1616)는 “고뇌 없는 인간은 동물이며, 고뇌하는 시인은 만인을 낙원으로

이끄는 천사다"라고 강조했다. "이월의 길목 속보를 부려 놓는
/ 한 소식 네 이름 뭐였더라?/ 트이는 듯 막혔던 정보통 立春大
吉/ 建陽多慶 반갑다 오늘 정점으로/ 한해 설계 정겨워라 봄맞
이 여행소식/ 남녘으로 가는 기차표 두 장 사가지고/ 기쁜 말
땅콩처럼 고소하다 발 부르튼 기다림/ 키 높은 설렘에게 다가
설 약속날 꼽아 보면/ 그리운 마음 키를 높여 빙글 춤이 돌고/
마라톤트랙 힘껏 차오르는 것 같아/ 오늘은 그런 날이다"는 것
은 입춘의 계획 '완성'을 비유하는 것이 아니다. 미완의 인간
은 '완성'을 추구하며 최선의 노력을 경주할 뿐이다. 시인은
'완성'을 지향하며 끝까지 고뇌할 따름이다. 이 과정에서 시가
새로이 탄생한다. 시가 새로워야 한다는 것은 시가 살아있다
고 하는 생명적인 명제(命題)이며 그것을 잘 표현함으로써 명시
는 탄생한다. '마라톤트랙'은 평생을 땀 흘리며 힘차게 뛰닫게
될 앞으로의 창창한 길이기도 하다.

> 기필코 살아 꼭 남기고 싶은
> 시 한 편 잘 써야지
> 그런 꿈이 있어 나는 살았다
> 내 바람은 오직 그뿐
> 그 하나면 더 바랄 일 없다
> 한 편의 시를 가슴으로 쓸 수 있다면
> 내가 사는 이유 충분하다
> 어쩌다 꿈결처럼 누군가 찾아와
> 내 시를 읽어준다면
> 내 사는 보람 행복할 이유는
> 그 하나로 다 이루었다 말하리

하늘만한 그리움 온밤을 달려

먼 데 어디던가 아득한 나라에 닿아

그리움 별로 떠 깜박깜박 소통이 된다면

어느새 내 울음은 울음 아니고

어느새 내 한숨은 한숨 아니고

- 〈사는 이유〉 전문

삶의 진실을 추구하는 황영순 시인은 '마라톤트랙'을 인간의 삶의 현장으로 설정, 비유 분석하고 뛰닫고 있다. 거기에 〈사는 이유〉 즉 앞에서 지적했듯이 삶의 앞날 투시 속에 진선미의 의미를 천착하는 시작업이다. 이것이야말로 많은 독자에게 위안과 기쁨과 감동을 베풀게 된다고 밝히련다.

화자는 '진선미'에서의 '진'은 서로간에 거짓이 없는 '사고와 존재의 합치', 곧 '진리'의 시어, 지금까지 볼 수 없었던 참다운 삶의 새로운 '노래'의 구축 작업이다. 거기에 수반되는 것은 두 말할 나위 없는 순수하고 선량한 '선'과 그것이 빚어내는 '미'인 아름다움이다. 황영순 시의 궁극의 목적은 바로 그와 같은 진선미 추구의 '노래 작업'이다. 시가 인간의 삶의 방법을 찾고 있는 철학이거나, 또는 사회 집단의 공평하고 합리적인 존재 방법을 이루겠다는 이른바 정치와 다른 순수문학이라는 의미가 여기 있다.

시인은 해맑은 서정시 〈사는 이유〉에서 "기필코 살아 꼭 남기고 싶은/ 시 한 편 잘 써야지/ 그런 꿈이 있어 나는 살았다/ 내 바람은 오직 그뿐/ 그 하나면 더 바랄 일 없다/ 한 편의 시를 가슴으로 쓸 수 있다면/ 내가 사는 이유 충분하다"고 시업(詩業)

의 진수를 맛보게 하고 있다. 황영순은 그 혼자만의 리리시즘
(lyricism)의 정겨운 풍경 속에서 "어쩌다 꿈결처럼 누군가 찾아
와/ 내 시를 읽어준다면/ 내 사는 보람 행복할 이유는/ 그 하나
로 다 이루었다 말하리"라는 이 눈부신 신념은 한층 더 우리들
의 가슴 속을 따사롭게 적셔주고 비상시켜 준다.

　"그리움 별로 떠 깜박깜박 소통이 된다면/ 어느새 내 울음은
울음 아니고/ 어느새 내 한숨은 한숨 아니고"라는 클라이맥스
와 종결은 서구 서정시의 로맨티시즘(romanticism) 시풍을 방불
케도 한다. 여기에는 새타이어(satire)가 독특하고 흥미로운 풍
자 묘사가 반짝인다. 황영순 시인이 〈사는 이유〉를 새로운 제
재(題材)로 택한 이 작품 또한 주목되는 알레고리(allegory, 諷諭)
의 명품(名品)이다.

너의 향기로 나는 눈떴다

행복한 눈뜸을 꿈이라고 말할 때

푸르른 사랑은 깨진 무릎을 세우고

오랜 절망의 깊은 강 건널 수 있게 소리로 오는가 봐

바라만 보았고 슬픈 마음 깊이 잠겨 있어도

느낌으로 알고 있지, 네 심장 박동소리

알아도 몰라도 가깝고 멀어도

외따로 살고 있는 나를 바라보는 너

웃는 듯 울 듯하는 조용한 나를 지켜보는 너

기댈 수 없어도 기댈 수 있어도

이 하늘 이 땅에 살아있음만으로

기적인 듯 와서 등 토닥이며 응원하는

132

미소를 건네며 천년만년 그렇게 손잡아주는
사랑이여, 꺾어도 꺾어지지 않을 사랑이여
절망이란 높은 벽 날을 수 있게 꿈 한가운데로
발그레한 햇살로 오고 오며 웃고 있는가 봐
내 마음의 세계지도엔 조국과 영혼의 고향
아버지 처음 주신 희망이란 말씀
생생하게 깊숙이 살아 숨쉰다
북극성은 너의 별자리, 나는 웃고 있다
나도 너처럼 큰 꿈 지녀 살아 보련다
꿈은 수많은 절망도 넘어서도록 다시 다시금하며
오래오래 등불 밝혀 나의 등 쓰다듬어 주나 봐

– 〈너의 향기로〉 전문

〈너의 향기로〉를 음미하면서 이번에는 느닷없이 이상(李箱, 1910~1937)의 명시 〈거울〉(1934)이 내 가슴 속에 쑥 떠올랐다. 왜 그럴까. 잠깐 이상의 〈거울〉을 읽어보자. "거울속에는소리가없소/ 저렇게까지조용한세상은참없을것이오"라고 띄어쓰기조차 무시하고 쉬르레알리즘(초현실주의) 수법의 시를 세상에 내놓았을 때 독자들은 이 새로운 시세계를 이해하려 하지 않고 오히려 '정체 불명의 시' 라고 비난했다. 이상 시인은 그 당시 선진 사고를 가지고 저만치 독자들을 밀어제쳐놓고 훨씬 앞서 갔던 것이다. 앞서 가지 않으면 시인이 독자에게 무슨 새로운 시세계를 보여 줄 수 있을 것인가.

"너의 향기로 나는 눈떴다/ 행복한 눈뜸을 꿈이라고 말할 때 / 푸르른 사랑은 깨진 무릎을 세우고/ 오랜 절망의 깊은 강 건

널 수 있게 소리로 오는가 봐/ …(중략)…/ 발그레한 햇살로 오
고 오며 웃고 있는가 봐/ 내 마음의 세계지도엔 조국과 영혼의
고향"이라는 '향기' 의 시형식 전개는 한국시의 새롭게 진전된
모습의 하나이다.

　오늘의 과학자들이 DNA의 생명 유전의 암호를 풀었다고 소
리치지만, 입술 생김새며 코의 모양, 팔 다리 등등 눈에 보이는
부분은 해결하겠으나, 인간의 의지라든가 양심 등 눈으로 볼
수 없는 정신세계 등, 즉 인간 전체의 파악은 불가능하다. 그러
나 뛰어난 시인은 놀랍게도 다른 사람이 볼 수 없는 것을 새로
운 시를 통해 투시시켜 준다. 보이지 않는 것을 보여주는 것이
탁월한 시인의 능력이다. 거듭 지적하자면 시는 진선미가 이
루어내는 참답고 아름다운 새로운 노래이다. 그러기에 황영순
의 쉬르리럴한 시 표현 작업을 새롭고도 값진 '진선미의 노래'
로 평가하게 된다. 인생의 부분만을 볼 것인가, 아니면 전체를
파악할 것인가를 황영순 시인은 강력한 내면의 톤으로 투철하
게 제시하고 있다. 우리 인간들의 마음의 풍경을 새롭게 분석
해낸 프로이드(S. Freud, 1856~1939)의 명저 《꿈의 판단》에 대해
영국 시인 오든(W.H. Auden, 1907~1973)은 "우리들의 새로운 정
신적 풍토를 보여 주었다"고 극찬했거니와 황영순 시인은 우
리에게 새로운 역동적 진선미 의지의 시세계를 눈부시게 보여
주고 있다. 시인은 독자들에게서 저만치 앞서서 당당하게 나
아가야 한다.

　은혜(恩惠)롭게 자리한 여기 안락국(安樂國)
　장엄(莊嚴)한 경계(境界) 가슴 열고 계시는

미륵(彌勒)을 가슴으로 바라보며 기다린다.

절정(絶頂)의 계절 배롱나무 꽃잎 위로

하르르하르르 꿈 풀어 놓으며

금산사(金山寺) 극락전(極樂殿) 뜰 물들이는데

놀랍게도 오탁악세(五濁惡世) 여의고

삼계(三界)를 뛰어넘은

청정(淸淨)한 처소(處所) 그 미륵(彌勒) 기다린다.

지척에도 멀고 천리도 가까운

그리웠던 친구 함께 사유(思惟)하며

심혼(心魂) 깊은 골 내려온

신비(神秘)의 장엄(莊嚴) 바라본다.

이렇게 우러러볼 수 있는 높고 깊어 그득한

이상국(理想國) 극락(極樂) 불국토(佛國土)에서

높은 그 자비(慈悲)함 말씀 좇아서

큰 세상 강물 건너가는 너 그리고 나

깨달음의 빛 시공(時空)을 초월(超越)한

예서 만남 그려 보고 기다릴 수 있다니

한 황홀(恍惚) 꿈꿀 수 있다니

– 〈금산사(金山寺)에서 · 1〉 전문

한국의 명찰 전주의 금산사 가람 터전에서 황영순 시인은 절절한 소망의 두 손 모으고 "은혜(恩惠)롭게 자리한 여기 안락국(安樂國)/ 장엄(莊嚴)한 경계(境界) 가슴 열고 계시는/ 미륵(彌勒)을 가슴으로 바라보며 기다린다/ 절정의 계절 배롱나무 꽃잎 위로/ 하르르하르르 꿈 풀어 놓으며/ 금산사(金山寺) 극락전(極樂

殿) 뜰 물들이는데/ 놀랍게도 오탁악세(五濁惡世) 여의고/ 삼계(三界)를 뛰어넘은/ 청정(淸淨)한 처소(處所) 그 미륵(彌勒) 기다린다”고 기원하고 있으니, 이승의 모든 불우한 사람들을, 또한 선량한 민생들을 구휼하기 위함이라고 우리는 독자들과 더불어 절실하게 공감공명하게 된다. 불교적 구도시(求道詩) 작품은 자칫하면 관념에 빠지기 쉬운 것을 황영순 시인은 안정된 시상 전개와 잘 다듬어진 시어 처리로 전연체(全聯體)의 에스프리(esprit, F)가 강한 정신미를 형상화시키는 뛰어난 기교를 발휘하고 있다.

“이렇게 우러러볼 수 있는 높고 깊어 그득한/ 이상국(理想國) 극락(極樂) 불국토(佛國土)에서/ 높은 그 자비(慈悲)함 말씀 좋아서 / 큰 세상 강물 건너가는 너 그리고 나/ 깨달음의 빛 시공(時空)을 초월(超越)한/에서 만남 그려 보고 기다릴 수 있다니/ 한 황홀(恍惚) 꿈꿀 수 있다니”하는 이 경건한 수도의 자세는 탑을 쌓듯이 심혈을 기울여 詩를 쓰는 화자의 참된 자아성찰(自我省察)의 눈부신 결정(結晶)이 아닐 수 없다. 더구나 시어의 제약(制約)과 절제(節制)의 균재미(均齋美)가 유난히 돋보이는 좋은 작품이다. 진통을 극복한 진흙 속을 뚫고 나오는 성스러운 연꽃의 개화(開花) 과정을 살피는 것과도 같은 화자의 시적 삶의 방정식으로 의인화한 표현력이 자못 빼어나기 그지없다.

한국 문단 30년 역정에서 황영순 시인의 시 전편이 하이포벌(hyperbole) 수사기법(修辭技法) 동원이 매우 뛰어나며 앞으로도 더욱 꾸준히 가작 명편들을 이번 시집에 잇대어 엮어나가 주기를 전국의 독자들과 함께 축원하련다.

136

우리 둘이는
황영순 작사
이종록 작곡
= (M.M. 62 - 68)
mp
rit.
mp
p
너와 나 사랑없이는 하루도 살아갈 수 없-
mf
mp
mf
네 가난한우리는 단-하나 사랑밖에 가진것
f
없어 쓰다듬고끌어올리고 시로를 기워주

오후의 보법

황영순 제5시집

와 노래부르고 갔네
우리들 어느 약 - 하다네 외 - 롭다네 혼자
사 랑이 세상을 살아갈 수 없 - 네 남은
세 월 손에 손 잡고 - 이 - 주고 험한 길
mp
mf
p
mp
pp
accel et cresc
accel et cresc

오후의 보법

황영순 제5시집

꿋꿋하 세 하는향 례 - 뚝바로 시 샀네
딘 용 으 뉴 -

오직 너 만을

황영순 제5시집

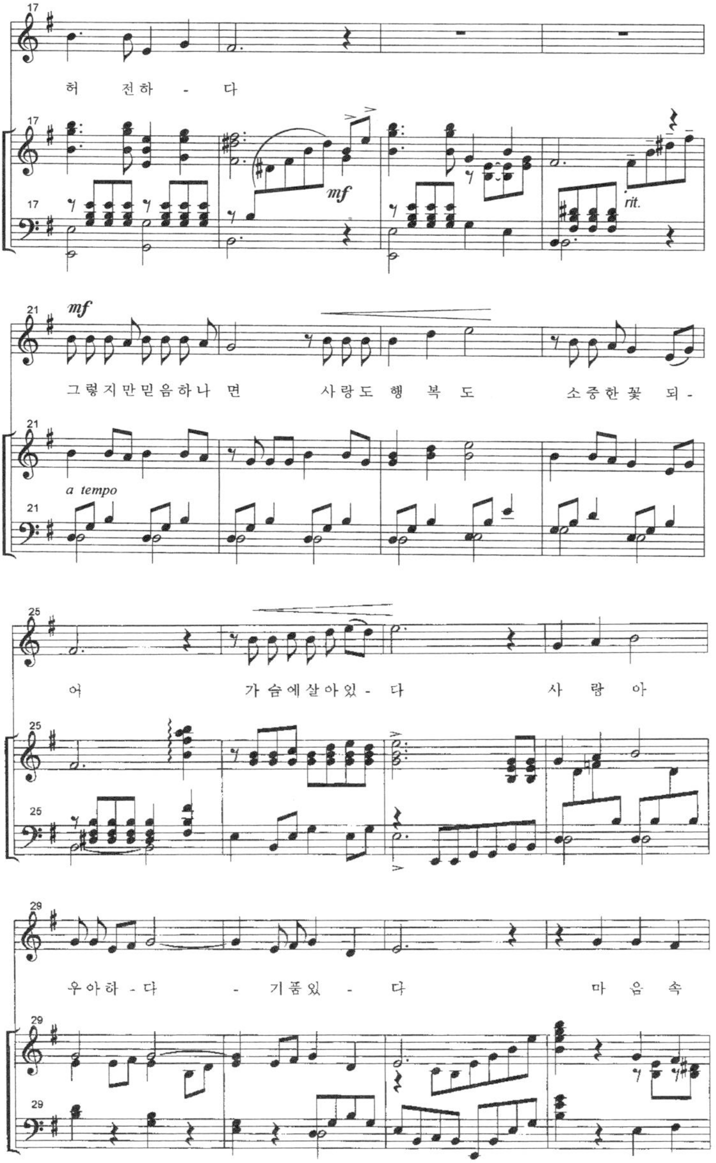
허 전하 - 다
mf
rit.
mf
그렇지만믿음하나 면 사랑도 행 복 도 소중한꽃 되-
a tempo
어 가슴에살아있- 다 사 랑 아
우아하 - 다 - 기품있 - 다 마 음 속

물결짓 - 는 꽃 아
그대보여준 고운 사 랑이
간절한 그 마 음 꽃으로 핀 다 잊지못할추 억
- 아 름다운일 들 미 처볼 랐 던 - 꽃의눈물이

오후의 보법

황영순 제5시집

81
나 누 어 가 - 며   건 강 하 고 - 행 복 하 게

85
- 살 아 가 리 라   상 - 상 와 날 - 개 펼 - 처

p

89
너 와 떠 나 보 는 건 - 여 행   살 아 서 예 쁜 국 화 꽃 은 철 - 따 라

mf
poco a poco cresc

93
피 고   또 - 피 고 -   올 해 도 내 - 마 음

f

147

오후의 보법

148

늘 그리운 나의 별
황영순 시
이종록 곡
♩ = 78 - 83
p
mp
rit.
mf
나를보 고있나 요 늘-그리운 나의별 말
없이속울음 우-는 나를보 고있나 요
어-디론 가 떠나 야할 계 절인-데
어 딘가알 수 알수 없는 안 개로 부 터
오후의 보법

149

자---꾸자꾸 눈물 -에 젖 어가 네요
한처음-인빛 속 빛속 으로 죽 을때 까 지
눈뜬날 들의순간 순 간 모두나-의 주인이었 던 눈
찾아가 야할운-명 - 우리우-리 두-사-라 이
감아도-보이는 그-대 날-보 고있나 요
루지못한사랑은 별-이 별이된 -다는걸
mf

바 - 라만 - 바라만보- -며 아 파했던나를 기억이나 하나
요 밀물 져왔지요 그대 파 도
한 소절 - 노래 였음에도 가 슴벅찼죠 또-
다 시찾아내야 할 그대마 음에 - 남아있는

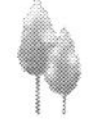

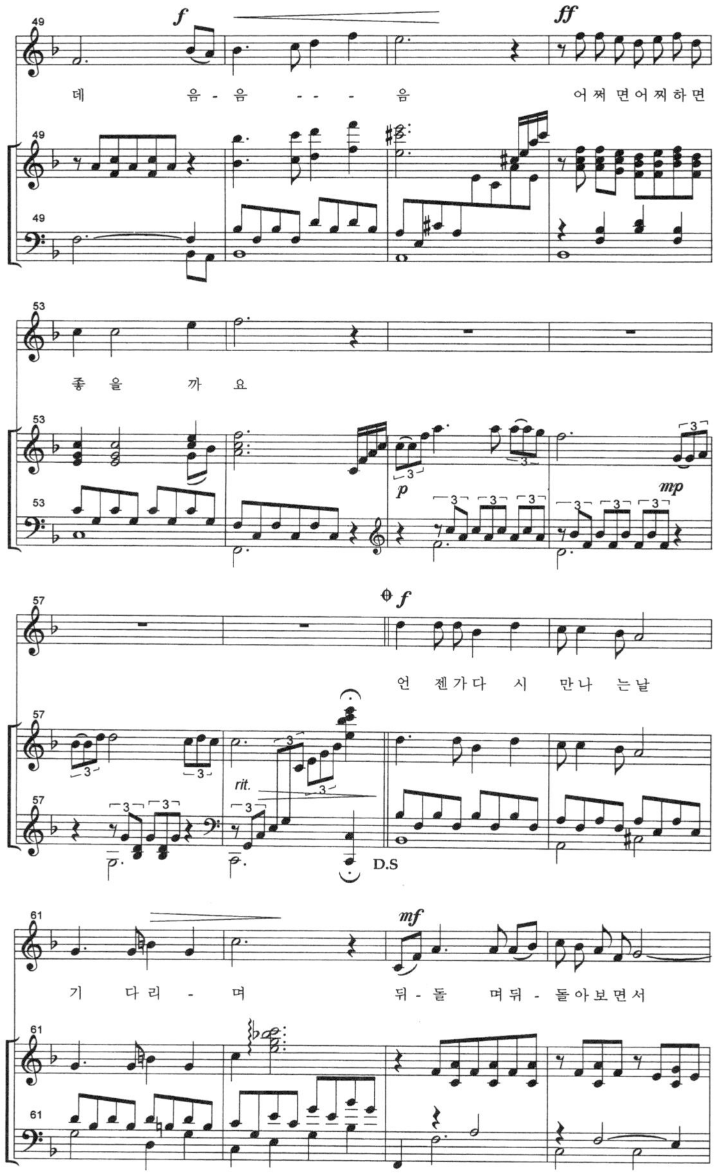

f ff
데 음 - 음 - - - 음 어 쩌 면 어 찌 하 면
좋 을 까 요
p mp
f
언 젠 가 다 시 만 나 는 날
rit.
D.S
mf
기 다 리 - 며 뒤 - 돌 며 뒤 - 돌 아 보 면 서

65
f
-떠나가 고있 는데 -늘-그 리웠 던 나 의
69
mf
별 날-보 고있나 요 나를보 고있 나
73
요 -
FINE

꽃 씨

황영순 제5시집

오후의 보법

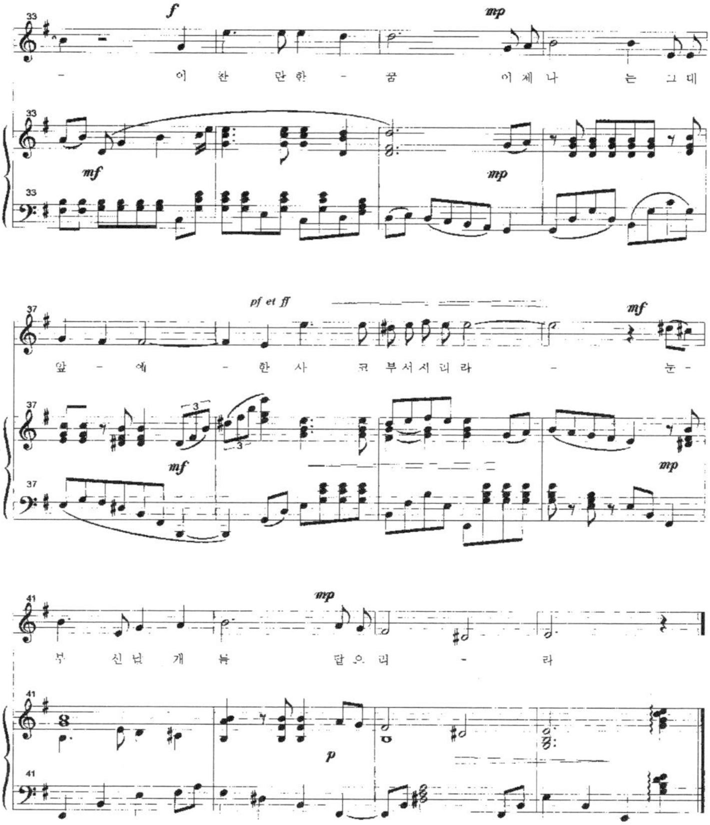

이 찬란한 - 꿈 이제 나 는 그대
앞 에 - 한 사 코 부서지리라 - 눈 -
부 신 낟 개 늘 달으리 - 라

너에게로 가고 싶어

157

생 각에 잠긴 다
생 각에 잠긴 다
a tempo
mf
세 상 살 이 어-렵 - 고
내 인생의악 - 보 - 에
하 늘에먹-구름 드리-운 날-에
화 려한꽃 과사 랑 가져다준 너 에게
도
로
내 마음내 마음은
내 마음내 마음은
하늘향 해
부끄러 워

158

33
mf
비-상-하-는 - 새--처-럼 있는힘을다 하 여
선 뜻다 가가 지 - 못하고가 슴 속 키 워 가 는 사 - 랑
37
f
너에게 로가고싶 어 긴-생 각에 - 잠 - 긴-
너에게 로가고싶 어 긴-생 각에
1.
41
2.
다
- 잠 긴 다

달빛 타기

달빛 타기
황영순 작사
이종록 작곡
= (M.M. 63 - 75)
mf
mp
f
mp
p
mf
mp
p
mf
mf
저 - 만 치 서 너 -
아 - 픔 속 에 너 -
는 사 랑 으 로 굽 이 지 고 이 - 만 지 시 나 -
는 향 - 기 로 피 어 나 고 꿈 - 을 꾸 며 나 -
는 눈 물 - 보 우 러 르 고 꿈 도 아 너 것
기 뿌 으 로 헤 살 젓 고 한 바 낭 춤 사 위

160

이　헌실도 아　닌 것 이　어－둠　고깊은
로　한소금 가　라 으 료　수－반　찬 께－
내－안－　둥 붙　로밝－아　영원이　듯어－슴－
맞－춰－　깊어　－가는　겨운이　－렌－복－
애　전리었　더－라
이
눈－

한 번씩 싹하던 번해 있는 세 상 살 이 재 -
우 면 채 은 수 억 더 허 진 한 삶의 깊 피 머 뜻
대 끼 꿈 꾸 며 울 먹 이 빈 서 아 -
자 도 에 터 지 - 는 - 나 의 사 랑 - 아 이 -

황영순 제5시집

163

오후의 보법

우리 오늘은

작시: 황 영 순
작곡: 장 경 순

2007. 09. 01

황영순 제5시집

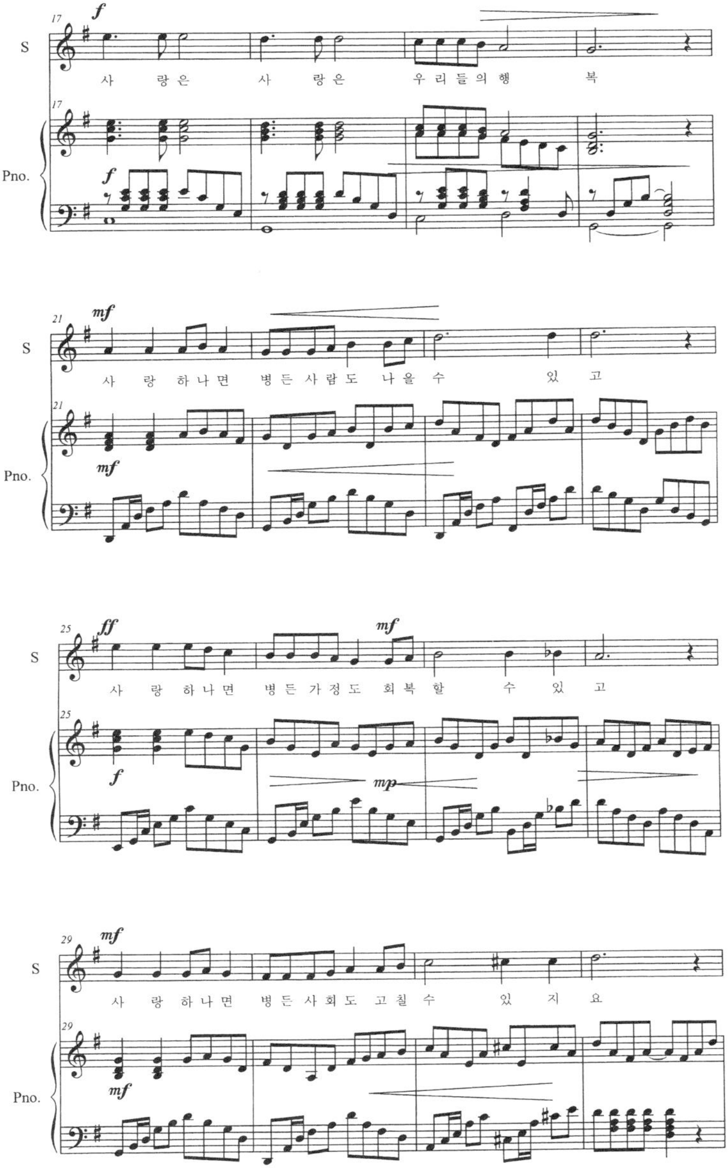

S
Pno.
사 랑은 사 랑은 우 리들의행 복
사 랑 하나면 병 든 사람도 나을 수 있 고
사 랑 하나면 병 든 가정도 회복 할 수 있 고
사 랑 하나면 병 든 사회도 고칠 수 있 지 요

물 질은 사 랑이 사랑이 아 니 어 요

물 질때문에 우 리는 얼마 나 많이 나뉘어 삽 니 까

물 질은 우 리 를 병들게 해 요

166

사 랑은 주 는 것 아 낌없이 주 는 - 것

황영순 제5시집

이 제 까 지 의   생 각 을   바 꾸 어   봐 요
이 제 까 지 의   생 활 을   반 성 해   봐 요
사 랑 은   마 음 이 예 요   사 랑 은   정 성 이 예 요
사 랑 은   사 랑 은   존 경 _ 이 예 요

오후의 보법

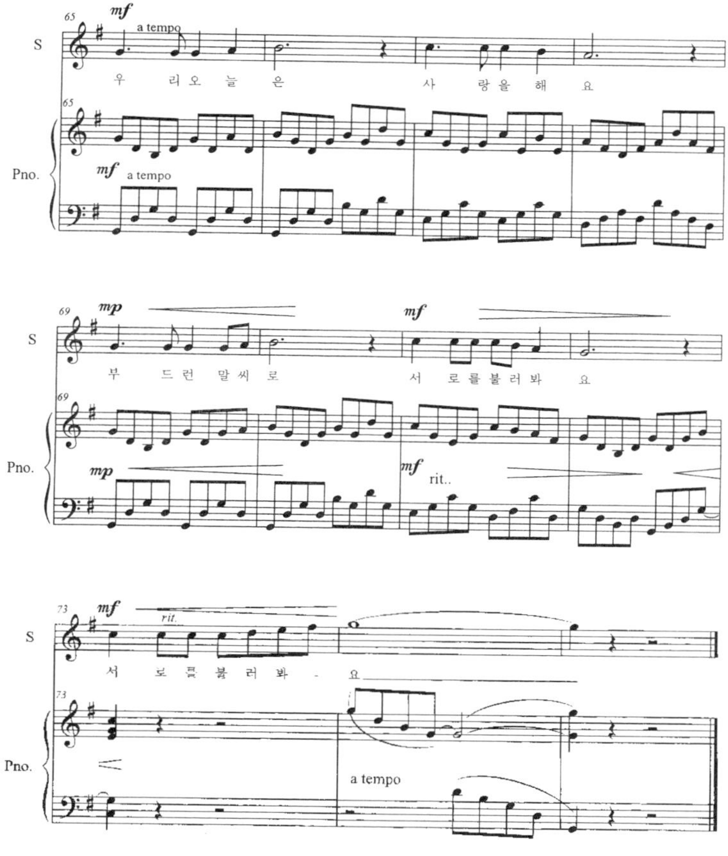
65
mf
a tempo
S
우 리오 늘 은 사 랑을 해 요
Pno.
mf a tempo
69
mp
mf
부 드런 말씨 로 서 로를불러봐 요
rit..
73
rit.
서 로 를 불 러 봐 - 요
a tempo

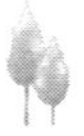

독자들을 위하여

내 나이 우리 나이로 예순다섯이니 戊子生 쥐띠다. 문단 나이는 1984년에 등단했으니 2014년이 만 30년이다. 백일장 나이까지 합하면 1978년~2012년이니 35년이다. 길다 하면 길고 짧다면 짧은 세월이다. 그 세월 속에 수많은 조우(遭遇)가 있었고 행복했던 시절과 또 감추고 싶은 모습도 있었다고 고백해 본다. 그립고 보고픈 잊을 수 없는 선생님들과 손잡아 이끌어 주던 선·후배 문인들이 있었기에 오늘이 있다는 생각이다.

시인의 길을 간다는 것은 자신이 누구인가를 아는 사람, 온갖 시련 속에서도 흔들리지 않는 사람, 오히려 그 난관을 발판 삼아 더 크게 성장하는, 즉 어떤 상황에서도 길을 잃지 않아야 하는 사람이라야 한다는 생각에 닿았다. '나는 누구인가?' 묻고 자신에게 질문을 던지는 애티튜드(Attitude)가 사람의 인생을 결정짓는다는 생각이다.

우울증에 시달렸던 때도 있었고 길을 잠시 멈췄던 적도 있었다. 반성문을 썼던 시간을 딛고 일어섰다. 그러할 때 어떤 사람은 나를 일러 누구라 할 것이며 그만의 생각대로 평가할 것이다. 그러나 코끼리의 코를 만진 사람은 코끼리 코의 형상을 말할 것이며 다리를 본 사람은 다리의 형태대로 말하며 몸통을 본 사람은 또 몸통이라고 우길 것이다. 사물이란 본디 무엇을 보느냐에 대한 평가이다. 그저 자기가 느낀 대로 말할 뿐이니

남의 시선은 남의 시선일 뿐, 자기 규정만이 자기 생존이며 존재이고 시작이며 근원이다. 나는 나인 것을, 그 어떤 사람의 잣대로 평가 판단되는 색안경에 두려워 않는다.

그러나 당당하기 위해서는 서 있는 지금의 자리가 떳떳해야 하기에 자신에 대한 관리와 노력을 게을리하지 않는다. 남을 평가할 때도 그의 개성을 존중하며 그들의 삶의 환경에서 비롯된 것임을 충분히 이해하려고 나 자신 늘 노력하고 있다. 시인은 에스프리(esprit) 통찰력과 판단력이 있어야 한다. 내게 주어진 나의 길을 남이 아닌 내가 가는 것이니만큼 남의 소리에 흔들리는 오류를 범하진 않는다.

지금은 소중한 내 인생의 오후이다. 어떻게 생을 극복해내며 마지막을 노을처럼 물들게 될 것을 고민한다. 그래서 이번 시집 제목을 《오후의 보법》이라 붙였다. 나침반을 지닌 배는 어떠한 풍랑에도 결코 길을 잃지 않는다. 지금 서 있는 자리에서 가치 있는 일에 시간을 쓸 줄 아는 시인이고 싶다.

여기 그간에 발표했던 시들을 모았다. 그러나 마음에 안 차는 여러 편을 대폭 재창작하다시피 하였다. 늘 미흡하고 부족하기는 예나 지금이나 마찬가지다. 독자들의 꾸중을 들을 셈이다. 부족하기만한 시인을 위해서 序詩를 얹어주신 古河 崔勝範 박사님과 작품해설을 맡아주신 시인이며 문학평론가이신 洪潤基 박사님께서 과분한 꽃다발을 안겨 주시니 좋은 시인으로 거듭날 것을 약속드린다. 그리고 세심하게 정성을 기울여 출판을 해 주신 한누리미디어 김재엽 사장에게 고맙다고 인사드리며 가족들의 무한 사랑에도 깊이 감사할 뿐이다.

◆ 황영순 주요 약력

- 1949년 전북 김제시 용지 출생
- 전북 익산(이리)여중고 졸업
- 원광대 가정과와 한국방송통신대 국어국문학과 졸업
- 체신공무원
- 전북여성문화센터 주관 '여성백일장' 수상, 글벗동인회장 역임
- 1984년 8월 『월간문학』 시 〈강가에서〉 당선. 한국문인협회 가입
- 1985년 한국문인협회 전라북도지회 '전북문단' 창립 간사 역임
- 1991년~1992년 전북여류문학회 회장 역임
- 2009년~2011년 전북문인협회 부회장 역임
- 1996년 제1회 전북여류문학상 수상
- 1998년 백양촌문학상 수상
- 2000년 노산문학상 수상
- 2001년 임실문학상 수상
- 2008년 전북문학상 수상
- 『한국현대시문학』 심사위원과 한국현대시문학연구소 전북지부
  장. 전북문학상 심사위원. 목정문화장학회와 한국문협 전북지회
  백일장 심사위원. 『임실문학』 문학상 심사위원장.
- 국제 펜 한국본부 전북펜 회원. 한국문협 회원. 한국시협 회원. 한
  국여성문학인회 회원. 한국가톨릭문인회 회원. 미래시 회원. 전북
  문협 이사. 전북시협 이사. 전북여류문학회 이사. 전주문협 회원.
  전북가톨릭문인회 창립회원. 김제문협 이사. 임실문협 등 활동.
- 시집―제1시집 《한같이 그리움같이》
  　　　제2시집 《내가 너에게로 가는 이 길》
  　　　제3시집 《네가 내 사랑임에랴》
  　　　제4시집 《짧고도 긴 세월》
  　　　제5시집 《오후의 보법》

황영순 제5시집

오후의 보법

·

지은이 / 황영순
발행인 / 김재엽
발행처 / 한누리미디어
디자인 / 지선숙

·

121-840, 서울시 마포구 잔다리로 35 서원빌딩 2층
전화 / (02)379-4514, 379-4519
Fax / (02)379-4516
E-mail/hannury2003@hanmail.net

·

신고번호 / 제300-2006-61호
등록일 / 1993. 11. 4

·

초판발행일 / 2012년 12월 31일

© 2012 황영순 Printed in KOREA

값 8,000원

·

※잘못된 책은 바꿔드립니다.
※저자와의 협약으로 인지는 생략합니다.
※이 시집은 전북 문예진흥기금에서 일부 지원받아 제작되었습니다.

·

ISBN 978-89-7969-441-3 03810